**Robin Meyer** (*1998) stammt aus Bahlingen, einer rund 4.000 Einwohner zählenden Gemeinde am Kaiserstuhl nördlich von Freiburg. Momentan besucht der 17-jährige Schüler das internationale Wirtschaftsgymnasium und strebt im kommenden Jahr sein Abitur an.

Im Jahr 2013 hat er mit "Falsche Familie" seinen ersten Jugendkrimi im Selbstverlag veröffentlicht, 2016 folgte sein zweites Buch "Fatalitäten", ein biografischer Kriminalroman.

Jonas Peters (TV Movie) bezeichnet seinen Schreibstil als "höchst beeindruckend".

Robin Meyer

Fatalitäten

Bibliografische Information der Deutschen Nationalbibliothek:
Die Deutsche Nationalbibliothek verzeichnet diese Publikation
in der Deutschen Nationalbibliografie; detaillierte bibliografische
Daten sind im Internet über http://dnb.dnb.de abrufbar.

© 2016 Robin Meyer

Herstellung und Verlag:

BoD – Books on Demand, Norderstedt

ISBN: 978-3-7392-3590-5

Robin Meyer

Fatalitäten

… 1 …

Ich bin fest davon überzeugt, dass nichts *zufällig* passiert, sondern alles seinen Grund hat. Kann schon sein, dass man diesen Grund nicht immer erkennt, es ist schwer vorstellbar, das gebe ich zu, und auch ich musste diese Sichtweise erst lernen, sie mir selbst beibringen, ich war anfangs ein wenig skeptisch, ob es Sinn macht, in allem einen Sinn zu suchen. Doch mittlerweile ist mir klar geworden, dass man mit dieser Einstellung schwere Zeiten besser überstehen kann, man muss sich lediglich immer wieder vor Augen halten, dass alles, was gerade passiert, seinen Grund hat und man den Sinn dahinter wahrscheinlich irgendwann einmal verstehen wird. Es ist eine der simpelsten Arten, die es gibt, sich selbst aus seinem eigenen Tief zu befreien. Und aus eigener Erfahrung kann ich bestätigen, dass es wirklich funktioniert.

Bis heute warte ich immer noch auf den Sinn hinter all dem, was ich miterleben musste, ich habe nicht vergessen können, was damals passiert ist, jeden Tag muss ich an diese schrecklichen Bilder zurückdenken, obwohl ich sie schon vergessen hatte, sie sind auf einmal wieder da, und das trotz meines schlechten Gedächtnisses. Es fühlt sich für mich so an, als sei seither kein Tag vergangen, dabei ist es schon fast drei Jahre her, seit diese Geschichte zu einem Teil meines Lebens geworden ist. Leider musste sie zu einem Teil meines Lebens werden, wenn auch zu einem dunklen.

Ich habe seither nie über das Geschehene gesprochen, aber jetzt möchte ich zum ersten Mal diesen Schritt wagen. Vielleicht kann ich auf diese Art endlich damit abschließen, denn ich will vergessen, ich wünschte, ich wäre damals nicht dabei gewesen, hätte nicht dabei sein müssen. Oft mache ich mir Gedanken darüber, wie mein Leben wohl verlaufen wäre, wenn nur eine einzige Situation damals anders gewesen wäre. Aber wahrscheinlich musste wirklich alles genau so kommen, wie es gekommen ist.

Meine Geschichte beginnt an Tag eins nach endlos lange scheinenden und ereignisarmen Sommerferien. Nun war ich in der zwölften Klasse und das Abitur stand unmittelbar bevor. Ich möchte ganz ehrlich sein, Schule war nicht so mein Ding und mir hätte eigentlich ein durchschnittlicher Abschluss an einer Realschule vollkommen ausgereicht. Meine Familie war aber schon damals ganz anderer Meinung, und wehren konnte ich mich nach Beendigung der Grundschule mit gerade einmal elf Jahren nicht wirklich.

Na gut, Familie ist ein bisschen zu sehr pauschalisiert, mein kleiner Bruder gehörte sicherlich nicht zu meinen größten Motivatoren, was die Schule betrifft, er war diesbezüglich ähnlich eingestellt wie ich. Besonders meine Mutter war es, die sehr interessiert an einer erfolgreichen Schullaufbahn ihres ältesten Kindes war. Zwar versuchte sie mir immer wieder zu suggerieren, dass sie überhaupt keinen Druck auf mich ausübe, gleichzeitig betonte sie allerdings, wie gerne sie es sehe, wenn ich mich für die Schule und für einen guten Abgang von dieser so richtig ins Zeug legte.

Folglich brachte ich immerhin sieben Jahre am Gymnasium hinter mich und hatte nun lediglich noch das letzte vor mir. Das würde ich wohl auch noch schaffen, so sagte ich mir dieser Tage immer wieder. Und wenn ich etwas angefangen hatte, brachte ich es auch stets so gut wie nur irgendwie möglich zu Ende. Also wollte ich mich noch einmal richtig hineinknien, um einen möglichst guten Schulabschluss zu bekommen. Nicht für meine Familie, sondern für mich selbst.

Allerdings muss ich zugeben, dass ich selbst gar nicht so recht wusste, was ich am Ende meiner schulischen Laufbahn machen oder geschweige denn, was ich einmal für den Rest meines Lebens tagtäglich tun sollte. Überhaupt hatte ich das Gefühl, noch keine echte Vorstellung von meinem Leben zu haben.
Früher versicherte ich mir, ich würde alles erst einmal auf mich zukommen lassen wollen und hatte mir wohl deshalb nie ernsthafte Gedanken darüber gemacht, wie ich in einigen Jahren einmal dastände. Aber mittlerweile war ich achtzehn geworden und sollte mir langsam überlegen, wie ich mein Leben gestalten möchte.
Um noch keine Antwort auf diese Frage parat haben zu müssen, plante ich ein Jahr im Bundesfreiwilligendienst in einer Einrichtung für Menschen mit Behinderung ganz in der Nähe meines Zuhauses hier im Westen Hamburgs. Das hatte neben dem Vertagen der Planung meiner Zukunftsvisionen den zusätzlichen Nebeneffekt, dass ich bedürftigen Menschen helfen durfte, was nicht nur diese Menschen, sondern auch mich glücklich machte. Und ich hoffte, dadurch etwas zu finden, was mir richtig Spaß machen würde.
Ich freute mich schon jetzt auf dieses Jahr, obwohl ich Vorfreude eigentlich stets eher zu vermeiden versuchte. Nicht aus Gewohnheit, sondern um mich selbst vor zu großen Enttäuschungen zu schützen.

Zunächst einmal musste ich noch ein Jahr lang für die Schule und besonders für die anstehenden Abschlussprüfungen ackern, obschon ich das immer wieder gerne vergaß und, bewusst oder unbewusst, vor mich herschob. Umso kälter wurde ich am besagten Tag erwischt, welcher mich als erster Schultag seit rund eineinhalb Monaten wieder zurück in mein normales Leben holte.

Ich war wie gesagt ganz froh darum, denn schon nach den ersten drei Wochen hatte ich alle Erledigungen getätigt, die ich mir vorgenommen hatte, und jegliche Aufgaben abgehakt, die ich mir im Vorfeld selbst gesetzt hatte. Die restliche Zeit hatte ich mehr schlecht als recht herumgehen lassen und ohne konkreten Plan auf mich zukommen lassen, war mal ins Kino gegangen und hatte mal Sport mit Freunden getrieben, mehr nicht. Von einem Kurztrip in die Schweiz für drei Tage mit meinem kleinen Bruder Rüdiger mal abgesehen.

Das Einzige, was sich aus jenen Ferien zu erzählen lohnt, war die Tatsache, dass ich seit meinem Geburtstag am 24. Juli volljährig war. Nur deshalb war es Rüdiger und mir möglich gewesen, alleine ein Wochenende in Zürich zu verbringen, das uns meine Mutter geschenkt hatte. Wir waren sogar mit meinem kleinen Auto gefahren, das ich mir kurz vor dem Sommer zugelegt hatte. Es war nichts Besonderes, ein roter *Panda* der dritten Generation, einen guten Ruf hatte er zudem nicht, aber es reichte mir vollkommen und ich war glücklich gewesen über mein Auto, immerhin war der Großteil meines Ersparten dafür von meinem Konto geflossen, und es gefiel mir auch gar nicht schlecht.

Noch viel glücklicher war ich allerdings, dass ich nun endlich alleine fahren durfte, ohne dass mir meine Mutter von der Seite scheinbar kluge Ratschläge zuwerfen wollte und mich damit nur verwirrte und aus der Konzentration brachte. Ich war froh, dass an ihrer Stelle nun Rüdiger neben mir saß, da er noch keine Ahnung vom Autofahren hatte und mir somit glücklicherweise keine Anweisungen geben konnte. Er saß einfach nur neben mir, dabei stets gut gelaunt, und war zufrieden damit, wie ich fuhr.

Auch an diesem Tag, dem ersten nach den Ferien, saß Rüdiger neben mir in meinem Wagen. Er hatte heute ebenfalls seinen Start ins neue Schuljahr und musste sich von nun an wieder für seine eigenen schulischen Erfolge ins Zeug legen, wenngleich mit weitaus weniger Euphorie als ich.
Ich konnte mir diese Lust auf Schule selbst nicht so recht erklären, es musste wohl nicht nur am Ende der fast schon langweiligen freien Zeit liegen, sondern besonders auch an der Tatsache, dass ich erstmals mit meinem eigenen Auto zur Schule fahren durfte und mich auf diesen Tag schon jahrelang gefreut hatte.
Die Fahrt sollte eigentlich nur wenige Minuten dauern, so hatte ich kalkuliert, denn wir wohnten relativ nahe bei unserer Schule, doch wie fast immer war ich auch an diesem Tag spät dran. Zeitmanagement zählte leider absolut nicht zu meinen Stärken, und so musste ich nach einem erschrockenen Blick auf die Uhr wieder einmal die letzten drei Seiten des Sportteils unserer Tageszeitung überspringen. Eigentlich war es fast jeden Morgen dasselbe, fast schon ein tägliches Ritual, nur irgendwie bekam ich es einfach nicht auf die Reihe, mir meine Zeit besser einzuteilen oder ein paar Minuten früher aufzustehen. Weshalb verstand ich selbst auch nicht, es wäre eigentlich nicht schwer gewesen.

Da es mir jedoch einfach nicht gelang, kamen Rüdiger und ich – wenn auch nur ein paar wenige Minuten – zu spät in der Schule an, und das gleich am ersten Tag. Das Jahr konnte also beginnen.

Mein kleiner Bruder hasste es zutiefst, zu spät zum Unterricht zu kommen und nach dem heutigen Tag verstand ich auch weshalb. Meine Verspätung zog zwar glücklicherweise keine weiteren Folgen nach sich, schon gar nicht, nachdem mein sonst ziemlich strenger Klassenlehrer sie in gelassenem Tonfall als *normal nach den Sommerferien* kommentiert hatte.

Bei Rüdiger muss das allerdings anders gewesen sein, denn wenig später schrieb er mir eine Nachricht, er müsse eine Stunde länger in der Schule bleiben als geplant, zudem fügte er freundlicherweise hinzu, ich wisse den Grund dafür sicherlich. Ein schlechtes Gewissen konnte er mir dadurch jedoch nicht machen, dafür kannte ich ihn zu gut und wusste, er würde das nach seiner Heimkehr schon wieder vergessen haben.

Eigentlich hatte ich Rüdiger versprochen, auf ihn zu warten und ihn wieder mit nach Hause zu nehmen, aber nach einem Blick auf die Uhr entschied ich, nach Hause zu fahren. Mein kleiner Bruder sollte dann eben die S-Bahn nehmen, wie er es vor diesem Sommer auch immer getan hatte.

Ich wusste, das war ein wenig gemein, aber ich hatte schon sehr bald Schulschluss gehabt, da das gähnend langweilige Organisationsprocedere schnell erledigt gewesen war und ich keiner der Menschen bin, die sich stundenlang mit Freunden über die Sommerferien austauschen und dabei möglichst jede Minute nacherzählen mussten. Ich hatte so wenig wie möglich gesprochen an diesem Tag, war den begeisterten Urlaubsberichten von New York, Cornwall und Malmö aus dem Weg gegangen und hatte mich einfach auf den schulischen Teil des Tages konzentriert. Mir war nun klar, dass ab morgen die wochenlange Entspannung endgültig vorbei sein und Lernen wieder im Mittelpunkt meines täglichen Lebens stehen würde. Allerdings hatte ich mir vorgenommen, den heutigen Tag noch zur gemütlichen Sorte zählen zu wollen.

Der Tag war noch jung, also legte ich mich auf die Couch und las in aller Ruhe die letzten drei noch verbleibenden Seiten der Zeitung, die ich heute Morgen aus Zeitgründen mal wieder gezwungenermaßen ausgelassen hatte. Ich freute mich zwar auf die bevorstehende Zeit, gerade auch im Hinblick, dass ein Ende meiner schulischen Laufbahn endlich in Sicht war, aber ich genoss mindestens genauso den letzten entspannten Nachmittag und wollte die Langeweile noch einmal voll und ganz auskosten.

Ohne es bemerkt zu haben, muss ich auf der Couch eingeschlafen sein. Eigentlich liebte ich es, einen kurzen Mittagsschlaf zu halten, man fühlte sich danach in der Regel topfit für den Rest des Tages, außer natürlich, man übertrieb es und verpasste einen Wecker zu stellen, dann konnte es durchaus passieren, dass man nicht einmal wusste, in welchem Jahr man sich gerade befand.

Genau so war es mir auch an diesem Tag passiert, geweckt wurde ich schließlich durch das geräuschvolle Öffnen der Haustüre. Irritiert, als hätte ich gerade den ganzen Tag verschlafen, sah ich auf mein Handy und stelle fest, dass es sich lediglich um höchstens eineinhalb Stunden gehandelt haben konnte. Dennoch war ich erschrocken darüber, wie laut Rüdiger die Tür geöffnet hatte, was sonst überhaupt nicht seine Art war. Normalerweise war er es immer, der uns darin belehrte, wir sollten die Haustüre bitte gefühlvoll und leise ins Schloss hinein- und aus dem Schloss herausgleiten lassen.

Mindestens ebenso laut schloss er die Türe wieder, wortlos, und setzte sich schweigend auf die kleine Holzbank im Eingangsbereich, um seine nassen Schuhe auszuziehen. Eine Weile wartete ich ab, ob er mir einen gut gelaunten Begrüßungsruf zuwerfen würde, wie es eigentlich typisch für ihn gewesen wäre, aber er blieb still.

Ich rief nach ihm und richtete mich aus meiner bequemen Haltung auf. Da ich immer noch keine Antwort bekam, überwand ich mich dazu, aufzustehen und durch den Flur zu Rüdiger zu laufen. Als ich ihn genauer ansah, bemerkte ich, dass er äußerst bleich im Gesicht war und ein wenig verängstigt aussah. Sofort fragte ich nach, was passiert war.

Daraufhin antwortete mein kleiner Bruder mit zittriger Stimme, er habe soeben einen Mord beobachtet.

... 2 ...

Vorsichtig wiederholte ich, was Rüdiger gesagt hatte, ich war mir nicht ganz sicher, ob ich ihn richtig verstand, doch er nickte stumm und begann zögerlich zu erzählen, was passiert war. Mein kleiner Bruder sprach davon, wie er – wie üblich – mit der S-Bahn bis zur Endhaltestelle gefahren sei, die gerade einmal drei Minuten zu Fuß von unserem Zuhause entfernt lag. Auf dem Weg von der Haltestelle bis hierher allerdings sei er an einer Kreuzung kurz stehen geblieben, da er zuerst eine laute Diskussion gehört habe, später einen kurzen, spitzen Schrei, dann nichts als Stille.
Rüdiger erzählte weiter, er sei sich nicht ganz sicher gewesen, ob er sich das nur eingebildet hätte, also habe er beschlossen, dem vermeintlichen Geräusch nachzugehen und einen Blick in die Straße zu werfen. Die Straße war eine Sackgasse, das wusste er auch, umso mehr habe es ihn interessiert, was sich darin gerade abspielte. Ganz am Ende der Straße, mein kleiner Bruder konnte es, so versicherte er mir, nicht genau erkennen, habe er einen Menschen gesehen, wahrscheinlich ein Mann, groß, vermutlich ohne Haare, eine schwarze Sonnenbrille tragend, wie er einen weiteren Menschen, den Rüdiger nicht genau sehen konnte, zu Boden gedrückt und die flache Hand auf seinen Mund gepresst habe.
Rüdiger schluckte. Nach einer kurzen Atempause erzählte er weiter. Der Mensch am Boden, von dem er glaubte, es müsste

sich ziemlich sicher um eine Frau gehandelt haben, habe einen Gegenstand aus der Hosentasche geholt, laut Rüdiger anscheinend eine Art Taschenmesser, die den Mann, der sich auf die am Boden liegende Frau stützte, scheinbar an der Hand verletzt habe. Der Mann schrie kurz auf, er habe eine sehr tiefe Stimme gehabt und soll, so mein kleiner Bruder, der Frau den Gegenstand aus der Hand genommen und an sich gerissen haben, bevor er etwas getan haben soll, was Rüdiger nicht weiter im Detail beschrieb, nicht weiter im Detail beschreiben wollte.

Nachdem der Mann nicht mehr aufgehört haben soll, auf den am Boden liegenden Menschen, bei dem sich Rüdiger zunehmend sicherer wurde, dass es eine Frau war, einzustechen, habe er nicht mehr hinsehen können und sich schließlich abgewendet und so schnell wie möglich auf den Weg nach Hause gemacht.

Ich hatte keinerlei Zweifel, dass das Erzählte stimmte. Warum sollte mein kleiner Bruder auch eine solche Geschichte erfinden, dazu hatte er gar nicht die Fantasie, die hatte eher ich vererbt bekommen. Natürlich wollte ich jetzt nicht über ihn herfallen mit Fragen, ich dachte mir, das würden die Polizisten schon für mich übernehmen. Doch aus für mich unerklärlichen Gründen wehrte sich Rüdiger vehement dagegen, den Vorfall zu melden, er fand glaube ich selbst keine stichfesten Gründe dafür. Ich akzeptierte es dennoch wie selbstverständlich und gab auf, weiter nachzufragen.

Stattdessen bereitete ich uns eines unserer Lieblingsgerichte zu, einen Hackfleischauflauf, denn wir hatten beide den ganzen Tag noch nichts gegessen und mittlerweile ziemlich großen Hunger. Meistens musste ich für uns kochen, weil meine Mutter leider nur selten zuhause war und wir zum Essengehen schlichtweg zu wenig Geld hatten. Außerdem schien ich gar nicht mal so schlecht kochen zu können, wie mir mein kleiner Bruder immer wieder aufs Neue bestätigte.

Beim Essen sprach keiner von uns ein Wort. Es war eigentlich nichts Neues für mich, dass Rüdiger beim Essen nicht viel sprach, aber an diesem Tag war es mir äußerst unangenehm, noch viel unangenehmer als sonst, ich wollte ihn einfach nicht alleine lassen in seiner Gedankenwelt, von der ich mir ungefähr vorstellen konnte, wie sie in diesem Moment aussehen musste. Mein kleiner Bruder stocherte nur lustlos mit seiner Gabel durch den Auflauf, nahm hin und wieder einen Bissen, doch ich sah ihm an, dass er keinen Appetit hatte. Mit gelangweiltem Blick betrachtete er seinen noch fast vollen Teller.
Ich machte mir Sorgen um ihn, wollte ihm gerne helfen, ihn aber gleichzeitig nicht wieder auf die Sache von vorhin ansprechen. Also schaltete ich den Fernseher ein, obwohl wir das beim Essen normalerweise nie machten, aber ich musste wie gesagt irgendetwas unternehmen, um unser gespenstisches Schweigen brechen zu können, das mir an diesem Nachmittag besonders unangenehm war. Ich war froh als ich sah, dass gerade *NDR aktuell* begann, denn ich erhoffte mir durch Berichte von aktuellen Geschehnissen aus der Umgebung ein wenig Ablenkung für Rüdiger.
Und mein Plan schien auch tatsächlich aufzugehen, wir begannen uns über einen schrecklichen Verkehrsunfall auf einer Landstraße nicht weit weg von unserem Zuhause zu unterhalten. Wir diskutierten, wie oft es an dieser Kreuzung schon zu solchen Unfällen gekommen war und versuchten eine Lösung zu finden, was man tun könnte, um weitere Unfälle endlich einmal zu vermeiden. Rüdiger schlug einen Kreisverkehr vor, was

eigentlich durchaus sinnvoll wäre, aber wir rätselten, ob der Platz ausreichte, weil die Kreuzung ziemlich eng war und für einen Kreisverkehr nicht unbedingt genügend Platz, wir sollten bei der nächsten Gelegenheit einmal mit einem Polizisten darüber sprechen, meinte Rüdiger.

Ich hatte das Gefühl, als wäre mein Plan geglückt und mein kleiner Bruder von seinen vorherigen Gedanken abgebracht worden, die ich glücklicherweise nicht wusste, mir aber ungefähr vorstellen konnte.

Jedoch ließ uns der letzte Bericht der Sendung noch einmal aufhorchen und machte mir einen Strich durch meine Rechnung, hätte ich den Fernseher lieber ausgeschaltet, als wir mit dem Essen fertig gewesen waren, so wie ich es vorgehabt hatte. Rüdiger war es gewesen, der die Sendung unbedingt hatte zu Ende sehen wollen.

Endlich ist es gelungen: Nach knapp 20 Jahren konnte einem mittlerweile 50-jährigen Mann aus Hamburg ein Sexualverbrechen nachgewiesen werden, ertönte es aus dem Fernseher. Reflexartig hörten wir beide auf zu sprechen und lauschten der Stimme der blonden Nachrichtensprecherin. *Der Täter habe damals eine beliebige Frau zunächst vergewaltigt und später erdrosselt*, berichtete nun eine männliche Stimme, der Mann dazu war allerdings nicht zu sehen, die Stimme sprach im Hintergrund und schien nur die nun gezeigten Bilder zu kommentieren. Auf dem Bildschirm erschien jetzt ein älterer Herr, sein Gesicht war mit Pixeln verdeckt.

Die Stimme im Hintergrund sprach weiter. *Schließlich war es der längst überfällige Entschluss dieses Augenzeugen, der zur Auflösung der Tat führte. Der Mann erschien überraschend bei der Polizei und berichtete von seinen Beobachtungen. Laut eigener Aussage habe den Zeugen, der den schrecklichen Mord unfreiwillig mitansehen gemusst hatte, die ganzen Jahre über tagtäglich sein schlechtes Gewissen gequält. Damit habe er jetzt nicht mehr länger leben wollen. Mithilfe eines DNA-Abgleiches mit der Kleidung des Opfers, welche sich noch immer in der Asservatenkammer befand, konnte der Täter dieser Tage fast 20 Jahre nach seinem Verbrechen nun tatsächlich überführt werden.*

Zu diesen Worten blendete man eine Plastiktüte ein, worin Rüdiger und ich deutlich eine dunkelblaue Jeans und ein grauweiß kariertes Hemd erkennen konnten, sorgfältig zusammengelegt und sichtlich seit vielen Jahren nicht mehr angerührt.

Auf einmal erschien wieder die Moderatorin im Studio, die mit einem Lächeln in die Kamera darauf hinwies, man könne diese Sendung jederzeit noch einmal im Internet ansehen, uns dann noch einen schönen Nachmittag wünschte und schließlich ihre drei Blätter Papier in die Hand nahm, blätterte und zu sortieren begann. Daraufhin wurde sie ausgeblendet und es erschien der altbekannte Mann, der uns jeden Tag aufs Neue das Wetter präsentierte, im Nebenstudio vor seinem Satellitenwetterbild, welches er wie immer wild gestikulierend beschrieb und dabei die aktuelle Wetterlage in Norddeutschland zu beschreiben versuchte.

Mein kleiner Bruder und ich sahen noch immer auf den Bildschirm, auch wenn wir wohl beide realisiert hatten, dass die Nachrichten vorüber waren. Keiner wollte das erste Wort sprechen. Ich schaltete den Fernseher wieder aus, denn ich wollte etwas tun, um nicht noch ewig tatenlos auf meinem Stuhl sitzen und ins Nichts starren zu müssen.

Zögernd drehte ich meinen Kopf und sah zu Rüdiger, der noch genau so am Tisch saß wie vor dem knapp dreiminütigen Bericht. Er wirkte auf mich, als wäre er nur noch physisch anwesend, mit seinen Gedanken aber überhaupt nicht mehr im Hier und Jetzt. Dennoch schien er meinen Blick zu spüren und nahm seine Serviette, um einen Tropfen Soße vom Tisch abzuputzen. Ich holte Luft, um etwas zu sagen und war froh, als mir mein kleiner Bruder mir zuvor kam, denn ich hätte nicht gewusst, was ich sagen sollte.

Gehen wir zur Polizei, meinte Rüdiger. Wie selbstverständlich stand er von seinem Platz auf und lief in den Flur, um seine Jacke überzuziehen, ich tat dem gleich und folgte ihm, ohne den Tisch abzuräumen, was sonst überhaupt nicht meine Art war, eigentlich störte es mich, den Tisch so zu hinterlassen, heute allerdings nicht. Wir sprachen beide kein Wort, doch ich hatte verstanden, was passierte.

Wie ich später erfahren habe, muss Rüdiger den Mann erstaunlich detailliert beschrieben haben, obwohl er ihn, wie er mir selbst erzählt hat, nur aus der Ferne und nicht sehr deutlich gesehen hatte. Ich wusste, dass mein kleiner Bruder ein unglaublich gutes Gedächtnis hatte, besonders, was Erinnerungen betraf, das war wirklich fast schon mit einem Talent gleichzusetzen.

Er wäre nicht nur dazu in der Lage gewesen, mir alle unsere gemeinsamen Reisen (also alle meine Urlaube und Ausflüge der letzten zehn Jahre) mit nahezu exaktem Datum zu nennen, sondern erinnerte sich dabei auch noch daran, dass wir auf der Fahrt nach Südfrankreich Anfang August 2007 nahe Lyon in einem scheinbar endlosen Stau für etwa drei Stunden stehen mussten und sich der klare und wolkenlose Himmel innerhalb dieser drei Stunden zu einem dunklen Gewitter verdichtete, welches sich später mit starkem Platzregen direkt über unseren Köpfen entladen habe. Nicht zu vergessen natürlich, dass wir dabei das Debütalbum von *Sunrise Avenue* buchstäblich rauf-

und runtergehört hätten, was unserer Mutter ziemlich auf die Nerven gegangen sein musste.

Ich wusste von dieser ganzen Geschichte überhaupt nichts mehr, außer, dass wir in diesem Jahr in Südfrankreich im Urlaub gewesen waren. Dass Rüdigers unfassbares Gedächtnis allerdings auch für Gesichter gelten würde, das war mir bislang unbekannt gewesen.

Nachdem die Phantomzeichnung des beschriebenen Mannes fertiggestellt war, betrachtete ich gemeinsam mit Rüdiger das Bild. Vielleicht war es Einbildung, aber als ich sie zum ersten Mal betrachtete, war ich der festen Überzeugung, die dargestellte Person schon einmal irgendwo gesehen zu haben, doch wo konnte ich nicht sagen und erkannt habe ich sie ebenfalls nicht.

Der Mann war mit seinen breiten Schultern wohl stämmig gebaut und auf dem Kopf kahlrasiert. Ein Vollbart bedeckte Backen, Kinn und Oberlippe des Mannes, während die Augen laut Rüdiger nicht zu sehen gewesen seien, da er eine schwarze Sonnenbrille getragen habe. Mehr sei, so mein kleiner Bruder, leider nicht zu sehen gewesen, doch betrachtete man die wohl ziemlich große Entfernung, aus der Rüdiger den Mann beobachtet hatte, war das Phantombild beeindruckend detailliert.

Es erleichterte mich ungemein, dass Rüdiger nach diesem Gespräch deutlich entspannter wirkte als noch vor ein paar Stunden. Das lag zum einen daran, dass ich sein großer Bruder war und wir ein ausgesprochen gutes Geschwisterverhältnis hatten, an seinem Wohlergehen war ich selbstverständlich immer sehr interessiert. Auf der anderen Seite war ich jedoch auch gleichzeitig eine Art Verantwortlicher für ihn, da meine Mutter meist den ganzen Tag nicht zuhause war und wir sie nur sehr wenig sahen.

Um genug Geld zu verdienen und einigermaßen anständig über die Runden zu kommen, seit mein Vater nicht mehr bei uns lebte, genügte Mama ein Job alleine nun mal nicht, deshalb putzte sie morgens in verschiedenen öffentlichen Gebäuden in der ganzen Stadt und verpackte und etikettierte abends zusätzlich Medikamente für ein renommiertes Pharma-Unternehmen. Zugegeben, anfangs war das nicht leicht für Rüdiger und mich, aber mittlerweile haben wir uns an das neue Leben gewöhnt und können für uns selbst sorgen. Oder besser gesagt, ich kann für uns sorgen und mein kleiner Bruder akzeptiert es schlichtweg. Aber schlecht ging es uns deshalb ganz und gar nicht.

Obschon wir auf der Fahrt nach Hause beide schwiegen, spürte ich deutlich, dass sich Rüdigers Laune gebessert hatte. Ich war zufrieden, dass alles so abgelaufen war. Zumindest all das nach dem vermeintlichen Verbrechen, dessen Verlauf wir leider nicht selbst in der Hand hatten. Und ich war froh darüber, dass sich Rüdiger schlussendlich doch für eine Aussage entschieden hatte, und das ohne Drängen meinerseits.

Allerdings bin ich mir heute nicht mehr ganz so sicher, ob ich noch immer zufrieden sein kann, wie dieser Nachmittag verlaufen war. Oft denke ich darüber nach, ob ich vielleicht etwas hätte ändern können, doch zu diesem Zeitpunkt konnte noch niemand auch nur im Entferntesten erahnen, welches Ausmaß diese ganze Sache annehmen würde.

… 3 …

Seit Rüdigers Beobachtungen war nun bereits einige Zeit vergangen, der Schnee auf den Straßen begann leider schon wieder zu schmelzen und die Natur bekam ihre Farben zurück. Doch für meinen kleinen Bruder verging seither kaum eine Nacht, in der er nicht diesen Mann in seinen Träumen sehen musste. Oft hatte er deshalb schlechte Laune gehabt. Überhaupt hatte ich den Eindruck, dass Rüdiger sich seit diesem Erlebnis stark verändert hatte. Früher war er ein aufgeweckter Kerl gewesen, wohingegen er, je näher der heutige Tag rückte, immer ruhiger und nachdenklicher wurde.

Ich war überzeugt davon, dass das nicht nur dem Erlebnis selbst, sondern vor allem auch den Gedanken und Träumen geschuldet war, die mein kleiner Bruder seither gehabt hatte. Aus eigener Erfahrung wusste ich sehr gut, wie täuschend real wir Menschen Albträume empfinden können. Kürzlich hatte ich darüber gelesen, dass die Traumwelt von manchen amerikanischen Wissenschaftlern inzwischen sogar als *alternative Realität* angesehen werde.
Mitleid wäre an dieser Stelle vermutlich der falsche Begriff, aber ich verstand einfach bestens, wie sehr er in seiner Situation wohl leiden musste. Es hätte ihm sicher geholfen, mit jemandem darüber zu sprechen, ich hatte mich oft genug angeboten, war aber von Rüdiger jedes Mal aufs Neue abgewiesen worden,

angeblich gehe es ihm doch gut, also wisse er nicht, worüber wir sprechen sollten. Das war ein seltsames Gefühl für mich, das ich nicht beschreiben kann, kein sehr freudiges jedenfalls. Wir hatten immer über alles sprechen können, Rüdiger hatte mir normalerweise stets alles anvertraut, was ihn bedrückte, traurig machte oder Sorgen bereitete. Es war nicht schön zu wissen, dass es ihm nicht gut ging, er mit mir darüber aber nicht sprechen wollte.

Die Stimmung heute war äußerst merkwürdig, erst recht, als wir den Gerichtssaal betraten und unsere Plätze einnahmen. Es lag eine gewisse Spannung in der Luft, die buchstäblich greifbar war. Außerdem froren wir auf den kalten Holzbänken, man hatte uns nicht einmal Kissen zur Verfügung gestellt. Ich beobachtete meinen kleinen Bruder, er sah nachdenklich auf den Boden, dann kurz auf seinen Gegenüber, dann wieder zu Boden. Ihm war die Unsicherheit ins Gesicht geschrieben. Nicht nur ich als sein großer Bruder konnte spüren, dass er sich sehr unwohl zu fühlen schien. Mit seinen gerade einmal dreizehn Jahren war Rüdiger nun mal noch ein *Kind*.
Schon damals hielt ich es für eigentlich unzumutbar, ihn vor Gericht als Zeugen aussagen zu lassen, auch wenn ich es gewesen war, der ihn gewissermaßen zur Aussage überredet hatte. Doch ich konnte nicht ansatzweise ahnen, wozu diese Geschichte führen würde. Der Saal hallte, wenn jemand laut sprach, ich fühlte mich ebenfalls unwohl.
Wir durften sowieso nicht sehr lange zuhören, man hatte uns nach einer Weile aus dem Saal gebeten und wollte ohne Publikum fortsetzen. Zunächst hatte ich das überhaupt nicht verstanden, aber man erklärte mir, dass die Öffentlichkeit bei der Aussage eines Dreizehnjährigen im Saal nichts mehr zu suchen

hatte. Obwohl ich mich in diesem Fall nicht gerne zur Öffentlichkeit zählte, akzeptierte ich es und verließ vor Rüdigers Aussage den Gerichtssaal, genau wie alle anderen Zuhörer auch.

Am Abend gingen wir gemeinsam zum Griechen ganz im Westen der Stadt, gar nicht weit entfernt von unserem Zuhause. Wir taten dies öfter, der Grieche war mit der Zeit sogar fast schon zu unserem Stammlokal geworden, und mit so viel Geld, wie wir hier bereits liegen gelassen haben, müssten wir mindestens *unseren* Tisch ganz vorne rechts am Fenster refinanziert haben, mitsamt den drei Stühlen und der Tischdecke. Ich mochte es, mit meiner Familie hierher zu gehen, die Abende waren meist sehr entspannt und gemütlich, wir waren alle gut gelaunt, wenn wir schließlich wieder nach Hause gingen, und gut gegessen hatten wir auch.

Doch leider war an diesem Abend im Voraus klar, dass ein solch schönes Gefühl heute nicht erreichbar war, denn auf dem Weg hatte Rüdiger das wesentliche Ergebnis des Prozesses schon vorweggenommen. Trotzdem war er später dazu bereit, in aller Ruhe noch einmal genauestens zu schildern, wie der Nachmittag abgelaufen war.

Mein kleiner Bruder erzählte, wie er zunächst weiterhin lange auf dem Zeugenstuhl gesessen und geschwiegen habe, bevor er sich danach doch dazu entschlossen habe, einige Worte zu sagen und letztendlich alles zu erzählen, was er wusste, was er noch immer im Gedächtnis und vor Augen hatte.

Immer wieder hatte ich versucht, Rüdiger davon zu überzeugen, dass ihn eigentlich überhaupt keine Schuld treffen konnte, immerhin erfand er keine Geschichte, um einen Unschuldigen ungerechterweise unter Strafe zu stellen, da war ich mir ganz sicher. Er berichtete lediglich, was er an dem besagten Morgen mit seinen eigenen Augen gezwungenermaßen mitansehen musste und was laut Rüdiger exakt so passiert war. Und das zweifelte ich nicht im Entferntesten an.

Doch die Richter mussten in dieser Hinsicht ein bisschen anderer Meinung gewesen sein, vorausgesetzt, Rüdiger hatte in dem Saal auch alles so erzählt, wie er es mir hinterher berichtete. Herausfinden werde ich das vermutlich nie. Mein kleiner Bruder hatte erfahren, dass der Mann, der vermeintliche Mörder, Benedikt Dupont hieß. Das Gericht sprach ihn für nicht schuldig und setzte ihn auf freien Fuß, als Grund wurde *Mangel an Beweisen* angegeben.

Es muss trotz alledem ziemlich schwer für Rüdiger gewesen sein, derartige Anschuldigungen, wie er sie mir beschrieben hatte, auch genau so vor dem Richter und vor allem vor dem Beschuldigten selbst, einem erwachsenen Mann, zu sagen. Mein kleiner Bruder war ein sehr respektvoller und guterzogener Junge und hätte es sich sonst nie erlaubt, einem bestimmt dreißig Jahre älteren Mann solche schwerwiegenden Vorwürfe zu machen. Auch deshalb frage ich mich heute noch oft, ob er damals tatsächlich alles vor Gericht ausgesagt oder aus Angst Einzelnes beschönigt oder weggelassen haben könnte. Wahrscheinlich werde ich es nie erfahren.

Schon damals versuchte ich, das Urteil irgendwie zu verstehen. Nun ja, immerhin konnte bis zu diesem Zeitpunkt keine Leiche gefunden werden und außer Rüdigers Anschuldigungen sprach rein gar nichts gegen den Mann, der sich zudem auch noch massiv gegen die Vorwürfe gewehrt haben musste.

Auch Rüdiger konnte keinerlei Verständnis für das Urteil aufbringen, was zugegeben nachvollziehbar war. Er hatte beobachtet, wie dieser Mann einen anderen Menschen augenscheinlich getötet hatte, und nun wurde der Mann dafür nicht einmal bestraft, sondern konnte sich nach wie vor uneingeschränkt in der Stadt bewegen und möglicherweise das gleiche noch einmal tun. In jedem würde sich in diesem Moment Unverständnis breitmachen, und in einem Dreizehnjährigen erst recht.

An diesem Abend konnte ich lange nicht schlafen. Es war bereits kurz vor ein Uhr, wie ich den roten Analogzahlen meines alten, klackenden Leuchtweckers entnehmen konnte, als ich leise Schritte auf dem Gang hörte. Normalerweise war ich kein allzu schreckhafter Mensch, aber um diese Uhrzeit kam es mir doch sehr ungewöhnlich vor, dass sich in unserem Haus noch etwas oder jemand bewegen sollte.
Langsam zog ich meine kleine Taschenlampe aus dem Nachttisch direkt neben meinem Bett und leuchtete in die Richtung, aus der ich das Geräusch vermutete. Noch bevor ich meine Augen weit genug öffnen konnte, um zu erkennen, wem die Schattengestalt vor mir gehörte, flüsterte mir mein kleiner Bruder ein leises *Nicht erschrecken, ich bin's* zu.
Erleichtert ließ ich mich in mein Kopfkissen zurückfallen und hielt ihm, obwohl ich eigentlich viel zu müde dazu gewesen war, einen kurzen Vortrag darüber, weshalb er um diese Tageszeit nicht ohne Licht durch das Haus schleichen sollte. Und dabei war es mir völlig egal, dass Rüdiger wie zu erwarten war nicht zuhörte, da er ganz genau wusste, wie sehr ich das hasste, immerhin war es nicht das erste Mal gewesen.
Mein kleiner Bruder setzte sich zu mir auf die Bettkante, lehnte seinen Kopf an meine Schulter und nuschelte etwas leise vor sich hin, ohne dass ich es verstehen konnte. Ich sah ihn an und

stellte fest, dass er zitterte. Besorgt fragte ich nach, ob alles in Ordnung war. Er konnte nicht schlafen, wollte sich jedoch nicht eingestehen, dass es an der Nachricht lag, die uns an diesem Tag erreicht hatte, auch wenn wir beide ganz genau wussten, dass das der Grund für seine Unruhe war. Eine Weile lang versuchte ich ihn zu beruhigen, ehe ich keine andere Möglichkeit mehr sah, als über Benedikt Dupont zu sprechen, da es offensichtlich war, dass mein kleiner Bruder Angst vor ihm hatte, und ich wollte herausfinden, weshalb.

Nach einigen Versuchen schaffte ich es schließlich, Rüdiger seine Gedankengänge zu entlocken. Ich hatte bereits befürchtet, dass er Angst hatte, Benedikt Dupont würde ihn jetzt verfolgen, um zu verhindern, dass mein kleiner Bruder noch einmal gegen ihn aussagen würde, irgendwann womöglich sogar mit einem Beweis.

Es brauchte wirklich lange, Rüdiger diese Fantasie aus dem Kopf zu schlagen, zumindest für den Rest dieser Nacht. Doch auch, nachdem ich ihn zurück in sein Zimmer begleitet hatte und noch eine Zeit lang bei ihm geblieben war, schien es mir nicht vollends gelungen zu sein, meinen kleinen Bruder von der Unwahrscheinlichkeit dieses Szenarios zu überzeugen. Dennoch verließ ich das Zimmer nach einigen Minuten und wurde bis zum nächsten Morgen auch nicht mehr geweckt.

Später habe ich mich noch einige Male an diese Nacht erinnert. Anfangs hatte ich zwar das Gefühl gehabt, Rüdiger habe sich seit dem Tag seiner Beobachtung verändert, doch mit der Zeit musste ich diese Aussage mehr und mehr widerrufen, denn die Veränderung schien offensichtlich erst nach dem Urteil, das zuungunsten Rüdigers ausgefallen war, so richtig in Gang gesetzt worden zu sein.

Um nur ein paar wenige Beispiele zu nennen, nahm er plötzlich nicht mehr so gerne die S-Bahn zur Schule, die er eigentlich geliebt hatte, sondern bestand darauf, dass ich ihn zur Schule fuhr, was er damit begründete, dass er morgens länger schlafen konnte und bei mir auf dem Beifahrersitz im Gegensatz zur S-Bahn eine Garantie auf einen Sitzplatz bekam. Doch ich wusste, dass er den Weg, den er am besagten Nachmittag gegangen war, von nun an so oft es ging mied, er konnte dadurch gerade einmal zehn Minuten länger schlafen und einen Sitzplatz bekam er zudem sowieso immer, unsere Haltestelle war die erste und die S-Bahn somit noch komplett leer.
Außerdem lief Rüdiger ab sofort jeden Abend auf dem Weg in sein Zimmer an der Haustüre vorbei, die eigentlich nicht auf seinem Weg lag, nur um sicherzugehen, dass diese auch abgeschlossen war. Zweimal. Das Licht im Flur vor seiner Zimmertüre musste sowieso von nun an die ganze Nacht über angeschaltet bleiben, angeblich, damit ich mich nicht noch einmal erschrecke, wenn er nachts zu mir kommen sollte, dabei war das Licht von meinem Zimmer aus gar nicht zu sehen und ich wusste, dass es Rüdiger war, der sehen wollte, ob sich jemand seinem Zimmer näherte.

Ehrlich gesagt bereitete mir das Verhalten meines kleinen Bruders ernsthaft Sorgen. So wie in diesen Tagen hatte ich ihn zuvor noch nie erlebt, und ich bildete mir ein, ihn eigentlich so gut zu kennen wie sonst niemand. Doch zu dieser Zeit hatte ich ihn fast nicht wiedererkannt, er war mir auf einmal fremder geworden.
Abgesehen davon, dass er überhaupt wenig sprach in dieser Zeit, zumindest mit Mama und mir, vermied er jegliches Gespräch, das etwas mit seinem Verhalten, seiner Beobachtung,

dem Prozess oder Benedikt Dupont zu tun hatte. Wir ließen ihn schon bald damit in Ruhe, wenngleich ich deutlich merkte, dass irgendetwas überhaupt nicht stimmte.

Das Schlimmste für mich jedoch war die Tatsache, dass Rüdiger mit mir nicht darüber sprach. Mit all seinen Sorgen, Ängsten und Hoffnungen war er immer zu mir gekommen und hatte sie mit mir geteilt, meistens sogar nur mit mir. Ich war immer derjenige gewesen, mit dem er gesprochen hatte, wenn er sonst mit niemandem sprechen konnte, weil ich ihn immer verstand. Für Rüdiger war ich nicht nur sein großer Bruder, sogar auch so etwas wie sein bester Freund.

Dieses Gefühl zu wissen, Rüdiger ging es nicht gut und ich konnte ihm dabei nicht helfen, da er nicht mit mir darüber sprach, war ein völlig neues und äußerst unschönes Gefühl für mich. Ich hätte mir gewünscht, es wäre schnell wieder verschwunden.

Nicht sehr lange später, es waren seither vielleicht drei Wochen vergangen, geschah Ähnliches. Wieder dachte ich, Schritte auf dem Gang gehört zu haben, und ich war nicht erschrocken, denn ich hatte von nun an jede Nacht damit gerechnet, Rüdiger käme vor Angst nicht zum Schlaf und somit zu mir, ich hoffte es fast schon irgendwie.

Mit schlafverklebten Augen schielte ich auf meinen roten Leuchtwecker, der gerade auf 2:32 Uhr umschlug. Die Schritte im Flur traten in immer kürzeren Abständen auf, als würde jemand eilig auf mein Zimmer zulaufen, fast schon rennen, mein Herz schlug immer schneller, ich wurde immer nervöser, je länger ich den Schritten lauschte.

Erschrocken setzte ich mich auf meine Bettkante und neigte meinen Kopf etwas nach vorne, um an der halboffenen Türe vorbei in den dunklen Gang sehen zu können. Bevor ich mich komplett orientieren konnte, stand mein kleiner Bruder bereits im Türrahmen und schnappte nach Luft. Er forderte mich auf, ihm schnell zu folgen und rannte in sein Zimmer zurück, ohne mir den Grund dafür zu sagen. Selbstverständlich folgte ich ihm, wenn auch widerwillig.

Überhastet zog er die Jalousie seines Fensters hoch zeigte mit seiner rechten Hand entschlossen in die Dunkelheit, als präsentiere er mir stolz ein seltenes Gemälde, das er soeben gefunden hatte, dabei sah man durch das Fenster lediglich unseren Garten, wie er von Rüdigers Zimmer aus gesehen um kurz nach halb drei nachts aussah. Meinem kleinen Bruder war die Enttäuschung anzusehen, aber er wollte mir nicht sagen, was ich hätte sehen sollen und was jetzt wohl nicht mehr da war.

Ich war kurz davor, mich bei ihm zu beschweren, dass er mich dafür mitten in der Nacht aus dem Bett geworfen und mir einen Schrecken eingejagt hatte. Zudem musste ich knapp dreieinhalb Stunden später aufstehen, da ich zur Schule musste und mir Fehlstunden im Hinblick auf das immer näher rückende Abitur wirklich nicht mehr leisten konnte. Doch auf Streit hatte ich um diese Uhrzeit ebenfalls nicht die geringste Lust, also lief ich einfach wortlos zurück in mein Zimmer und legte mich verärgert wieder schlafen. Dass ich in dieser Nacht kein Auge mehr zubekommen würde, war mir bereits auf dem Weg in mein Bett klar gewesen.

Wir sprachen nie wieder über diese Nacht. Rüdiger tat so, als hätte er mich in dieser Nacht nicht geweckt und als hätten wir beide die ganze Sache nur geträumt, dabei wussten wir beide, dass keiner von uns schlafgewandelt hatte. Aber ich tat dem gleich, denn es war mir mittlerweile nicht mehr wichtig, welche

Albträume er gehabt hatte. Manchmal glaubte ich sogar wirklich daran, alles nur geträumt zu haben, ich wollte es mir einbilden, um mir keine Gedanken mehr darüber machen zu müssen. Ich wollte ausblenden, dass es Rüdiger vielleicht nicht gut gehen könnte. Jedoch war nach wie vor deutlich spürbar, dass mein kleiner Bruder an etwas zu knabbern hatte, was er mir unerklärlicherweise nicht sagen wollte.

Ich konnte nicht aufhören, darüber zu grübeln. Hatte er vor Gericht womöglich nicht alles erzählt, was er damals gesehen hatte? War er von dem Mann, *Benedikt Dupont*, nach dem Prozess etwa tatsächlich noch einmal angesprochen und sogar bedroht worden? Oder kannte er ihn aus einer früheren Begegnung? Hatte er ihn irgendwo zuvor schon einmal gesehen?

Eigentlich hatte ich versucht, alles vergessen zu machen und mich vernünftigerweise voll und ganz auf meine Abiturprüfung zu konzentrieren, aber es gelang mir einfach nicht. Mein kleiner Bruder war mir in diesen Tagen wichtiger als mein Abitur.

Meine Prioritäten sollten einige Wochen später noch einmal hart auf die Probe gestellt werden. Es war der Tag vor meinem Deutschabitur, dem zweiten von vier, und ich war unfassbar nervös, obwohl es nach dem Englischabitur in der Vorwoche wie gesagt nicht die erste Abschlussklausur gewesen war. Dennoch war es ganz bestimmt der Nervosität geschuldet, dass ich in der Nacht vor der Prüfung so gut wie nicht schlief, gedanklich ging ich noch einmal den Inhalt der drei Lektüren durch, die wir in der Klasse gelesen hatten und zu denen morgen die Aufgaben gestellt werden würden.

In einer der wenigen und kurzen Phasen, in denen ich mehr oder weniger tief eingeschlafen war, wurde ich von einem dumpfen Geräusch geweckt. Zunächst dachte ich mir nichts dabei, es hatte sich vielmehr danach angehört, als wäre Rüdiger mal wieder aus dem Bett gefallen. Das war schon öfter passiert, er schlief immer sehr unruhig und drehte sich im Schlaf gerne wild hin und her, weshalb ich im Urlaub stets auf zwei getrennte Betten in unserem Zimmer bestand. Ich wartete ab, dass Rüdiger von seinem Sturz aufwachte und sich zurück in sein Bett legte, was ich aufgrund seiner quietschenden Matratze wohl deutlich gehört hätte.

Doch es folgte kein weiteres Geräusch mehr und ich ärgerte mich, dass mich das beunruhigte. Da ich sowieso damit rechnete, nicht wieder einschlafen zu können, bewaffnete ich mich mit meiner kleinen Taschenlampe und machte mich auf den Weg zu Rüdiger, stets bemüht, keine Geräusche zu machen. Das Licht in seinem Zimmer war nicht angeschaltet, dennoch erkannte ich die Bettdecke auf dem Fußboden, unter der ich Rüdiger vermutete.

Vorsichtig hob ich die Bettdecke an, aber darunter fand ich nicht wie erhofft meinen kleinen Bruder, die Bettdecke lag lediglich zusammengeknüllt auf dem Boden, als wäre sie weggeworfen worden, das Bett war ebenfalls leer. Ich sah mich im Zimmer um.

Von Rüdiger war keine Spur.

... 4 ...

Ich kann wohl nicht im Entferntesten beschreiben, wie ich mich am darauffolgenden Tag gefühlt hatte. Mit meinem kleinen Bruder war der wichtigste Mensch in meinem Leben spurlos verschwunden, er hatte nichts gesagt, nicht einmal angedeutet, was er vorhatte, keiner konnte auch nur ansatzweise vermuten, wo er sein könnte. Jetzt war ich es, der Angst hatte, nicht etwa davor, von Benedikt Dupont verfolgt zu werden, sondern meinen kleinen Bruder nie wieder sehen zu können. Es war für mich der schlimmste Gedanke, den es gab, ich wollte ihn irgendwie loswerden, wehrte mich dagegen, aber er war da und nicht wegzubekommen.
Oft hatte ich mir in diesen Tagen gewünscht, man könne seine Gedanken ganz einfach aussortieren und dann vernichten, als würde man einen dicken, alten Ordner aufräumen, die Papiere, die man nicht mehr brauchte oder nicht mehr wollte, nahm man aus dem Ordner heraus und vernichtete sie, egal ob man sie zerreißen, verbrennen oder einfach in den Papierkorb werfen würde, die Hauptsache war, sie waren nicht mehr länger in diesem Ordner und man hatte Platz für Neues.

Natürlich erschien ich nicht wie verlangt um zehn Minuten vor acht an meiner Schule, um mich mit der fast fünf Stunden andauernden Deutschabiturprüfung auseinanderzusetzen. Die restliche Nacht hatte ich damit verbracht, Rüdigers Zimmer zu durchsuchen, um vielleicht irgendetwas finden zu können, was mir einen Hinweis geben würde. Ich hatte nach einem Hinweis gesucht, den mir mein kleiner Bruder eventuell zurückgelassen hatte, denn ich konnte und wollte nicht glauben, dass er einfach so verschwinden und mich im Unwissen darüber lassen würde. Abgesehen davon, dass er noch ein *Kind* war und ich ihm nicht zutrauen konnte, über einen längeren Zeitraum alleine für sich sorgen zu können.

Ich hatte demnach keine Minute mehr geschlafen in der letzten Nacht, und es war mir an diesem Morgen auch wirklich egal, ob ich durch die Prüfung fallen würde. Mein Fokus konnte einfach überhaupt nicht auf den Prüfungslektüren und deren Interpretation liegen, nicht einen einzigen Gedanken verschwendete ich daran, ob ich die Prüfung möglicherweise nicht bestände, die zwölfte Klasse wiederholen müsste, weil ich unentschuldigt oder besser gesagt ohne einen für die Prüfungskommission triftigen Grund bei der finalen Prüfung fehlte und somit vermutlich mit *null Punkten* bewertet werden würde. Das einzige, was für mich zählte, war meinen kleinen Bruder zu finden, und zwar so schnell es ging. Alles andere hätte man wohl irgendwie regeln können.

Um die Suche beschleunigen zu können, hatten Mama und ich beschlossen, die Polizei um Hilfe zu bitten, zu zweit wären wir bestimmt nicht in der Lage gewesen, Rüdiger zu finden. Zunächst hatte ich lange überlegt, ob ich sie überhaupt aufwecken und ihr von Rüdigers Verschwinden erzählen sollte, da ich verhindern wollte, dass sie sich allzu große Sorgen machen würde, meine Mutter war oft zu schnell und zu sehr besorgt. Letztlich hatte ich aber doch beschlossen, sie darüber zu informieren, wir konnten außerdem jede Hilfe bei der Suche gebrauchen, daher auch die Entscheidung, zur Vermisstenstelle zu gehen.

Mit einem Bild meines Bruders fuhren wir am frühen Morgen dorthin und meldeten ihn offiziell als vermisst. Ich sprach es nicht aus, aber ich vermutete, dass er sich in Gefahr befand, anders konnte ich mir sein unangekündigtes Verschwinden nicht erklären, außerdem wollte ich mir nicht vorstellen, Rüdiger sei freiwillig abgehauen ohne mir Bescheid zu sagen, das hatte er bislang noch nie getan.

Eine Frau, die ich auf etwa fünfzig Jahre schätzte, stellte sich mir als Hauptkommissarin Inge Kroening vor und bat mich in den Vernehmungsraum. Ihre kurzen, schwarzen Haare hatte sie nach oben gegelt, was sie auf den ersten Blick ein bisschen streng wirken ließ, jedoch nicht unsympathisch. Sie stellte mir verschiedene Fragen und erklärte dabei, sie versuche sich im direkten Gespräch mit mir ein genaues Bild von meinem Bruder und unserer Familie machen zu können, um so vielleicht Rüdigers Beweggründe für sein überstürztes und überraschendes Verschwinden letzte Nacht herausfinden zu können.

Mein Kopf schmerzte, was ich auf den mangelnden Schlaf in der letzten Nacht zurückführte. Ich glaube deshalb auch sehr verwirrt gewesen zu sein, denn ich konnte die meisten Fragen nicht beim ersten Mal beantworten und es bedurfte vieler Nachfragen der Kommissarin, ehe sie von mir eine aussagekräftige Antwort bekam.

Das muss auch der Grund gewesen sein, warum Frau Kroening die Befragung schon sehr bald wieder beendete und stattdessen beschloss, mit mir zu uns nach Hause zu fahren. Wir erhofften uns, in den persönlichen Gegenständen meines Bruders irgendeinen Hinweis auf seinen Verbleib finden zu können. Auch wenn ich seinen Laptop und sein Handy, das er beides untypischerweise für ihn zuhause zurückgelassen hatte, in den frühen Morgenstunden schon nach verdächtigen Nachrichten oder versteckten Botschaften durchsucht hatte, bestand die Kommissarin darauf, selbst noch einmal nachzusehen. Anfangs kam ich mir selbst wie ein Verdächtiger vor, doch natürlich sah ich es ein, als sie sagte, im Gegensatz zu mir wisse sie ganz genau, worauf sie beim Durchsuchen achten musste.

Wenig später durchforsteten wir Rüdigers komplettes Zimmer also ein weiteres Mal bis zum letzten Schnipsel, wie ich es mitten in der Nacht schon selbst getan hatte; wir blätterten durch seine Bücher, kramten in seiner Schultasche, die er bereits für den heutigen Tag vorbereitet hatte, durchsuchten seinen Computer, sein Handy, den Papierkorb und seinen Kleiderschrank. Wir öffneten Schubladen, wühlten in Kisten und zwangen uns sogar in die hintersten Ecken des Zimmers. Erfolglos.
Noch einmal versuchte ich, Frau Kroening zu verdeutlichen, dass ich mir ganz sicher war, Rüdiger hätte mir Bescheid gesagt, wenn er vorgehabt hätte, eine nächtliche Reise anzutreten. Auch sagte ich ihr, dass ich mir sicher war, mein Bruder wäre niemals freiwillig mitten in der Nacht stiften gegangen, schon gar nicht ohne nicht das Geringste mitzunehmen, wenigstens sein Handy, seinen Geldbeutel, alles war noch da, weshalb ich persönlich von einem unfreiwilligen Verschwinden ausging, besser gesagt ausgehen musste.

Warum ich der Kommissarin zunächst nichts von dem Mordprozess und Rüdigers beschuldigender Aussage in diesem erzählt hatte, kann ich mir selbst nicht erklären. Natürlich vermutete ich einen Zusammenhang zwischen der Aussage meines

Bruders vor einigen Monaten und seinem Verschwinden letzte Nacht, aber wahrscheinlich war ich an diesem Morgen einfach zu sehr durch den Wind gewesen und hatte schlichtweg nicht mehr daran gedacht, mit ihr darüber zu sprechen. Obwohl es sehr wichtig gewesen sein könnte.

Im selben Moment klingelte mein Handy, was mir normalerweise in dieser Situation peinlich gewesen wäre. Heute hingegen dachte ich nicht an eine Entschuldigung, sondern zog es hektisch aus meiner rechten Hosentasche. Voller Hoffnung, Rüdiger würde sich bei mir melden, irgendwie, vielleicht vom Apparat eines Freundes, eines Bekannten, vielleicht aus einer Telefonzelle, wollte ich den Anruf entgegennehmen, dabei rutsche mir mein Handy aus den Händen und ich ließ es zu Boden fallen.

Tatsächlich war mir die Nummer unbekannt, die auf dem jetzt leicht verkratzten Display angezeigt wurde. Ich nahm ab und spürte den Kratzer im Display dabei deutlich an meinem rechten Ohr, er schien doch nicht so harmlos zu sein wie ich gedacht hatte. Aber auch das störte mich überhaupt nicht, ich bemerkte nicht einmal, dass ich mich geschnitten hatte, ich lauschte stattdessen nur gespannt auf die Stimme, die sich am anderen Ende melden würde.

Zu meiner Enttäuschung war es jedoch nicht etwa Rüdiger, dafür aber mein Direktor, der wohl, so dachte ich, umgehend eine Erklärung von mir verlangte für den leeren Platz in der ersten Reihe ganz links am Gang. Ohne zu zögern legte ich auf, als ich seine Stimme hörte, und schaltete mein Handy aus. An die Konsequenzen dachte ich nicht einen Moment lang. Ich wollte einerseits einfach einer Diskussion mit meinem Rektor am Telefon aus dem Weg gehen, andererseits war dieser Moment auch nicht der richtige für lange Erklärungen, immerhin zählte aus meiner Sicht wirklich jede Minute bei der Suche nach meinem Bruder, auch wenn ich womöglich gerade dabei war, durch das Deutschabitur zu rauschen.

Frau Kroening hatte mich beobachtet, ohne ein Wort gesagt zu haben. Plötzlich wollte sie von mir wissen, ob sich Rüdiger bei uns in der Familie überhaupt wohlgefühlt hatte. Ich war etwas empört über die Frage, nie hatte ich darüber nachgedacht, ob Rüdiger nicht zufrieden mit unserer Familie sein könnte, denn ich war der festen Überzeugung, es gab nur wenige Familien in Hamburg, die so hervorragend zusammenlebten wie Mama, Rüdiger und ich es taten.
Doch erst recht war ich empört darüber, dass die Kommissarin in Vergangenheit sprach. Ja, mein Bruder war im Moment nicht hier und es war auch nicht sicher, wann und ob er wieder zurückkommen würde, weil er vielleicht gerade nicht konnte, vielleicht nicht wollte. Aber das war für mich noch lange kein Grund, von nun an stets die Vergangenheitsform zu benutzen, wenn wir über ihn sprachen. Man musste ja nicht unbedingt davon ausgehen, dass er der Vergangenheit angehörte, ich jedenfalls war zu diesem Zeitpunkt noch der festen Überzeugung, ihn wiedersehen zu können, obwohl ich mir noch nicht so recht ausmalen konnte, wie das dann ablaufen würde.

Ich antwortete auf die Frage von Frau Kroening mit *selbstverständlich*. Ihr schien diese Antwort allerdings nicht zu genügen und sie fragte weiter, doch jetzt stellte sie seltsamere Fragen als zuvor in der Vermisstenstelle. Auf einmal ging es um Neid und Eifersucht zwischen uns Brüdern und Freunden von Rüdiger, die ich als unecht einstufen würde.

Je seltsamer die Fragen wurden, desto weniger war ich bereit, ausführlich zu antworten, weil ich sie nicht beantworten konnte oder nicht beantworten wollte, was Frau Kroening wiederum zu weiteren Fragen verleitete, noch bohrender, noch merkwürdiger, es war ein endloser Kreislauf. Mein Eindruck verstärkte sich, sie würde mich selbst zum Kreis der Verdächtigen zählen, ich glaubte sogar, sie persönlich sah mich als den Hauptverdächtigen.

Mir war nicht mehr danach, mich weiter mit der Kommissarin zu unterhalten, wenngleich mir bewusst war, dass ich mich dadurch nur noch verdächtiger machen würde. Noch immer hatte ich Kopfschmerzen und war müde, ich brauchte einfach meinen Schlaf, daher bemühte ich mich eigentlich, stets früh ins Bett zu gehen, spätestens gegen 23 Uhr, sodass ich wenigstens noch sieben Stunden schlafen konnte.

Das Problem war nämlich, dass meine Laune am nächsten Tag umso schlechter war, je weniger Schlaf ich bekam. Und da ich in der vergangenen Nacht gerade einmal knapp drei Stunden geschlafen hatte und das nicht einmal ununterbrochen, musste Frau Kroening heute leider meine entsprechend schlechte Laune aushalten.

Ohne um Erlaubnis zu bitten, verließ ich Rüdigers Zimmer und legte mich auf unsere weißbeige Couch im Wohnzimmer. Sehr gerne hätte ich für den Rest des Tages geschlafen, Frau Kroening und ihr Team hätten meinen Bruder in dieser Zeit wiedergefunden und er wäre neben mir gesessen und hätte ferngesehen, wenn ich wieder aufgewacht wäre, dann hätte ich uns einen Hackfleischauflauf zubereitet und wir hätten anschließend gemeinsam gegessen, geredet und gelacht. Eben genau so wie immer.

Natürlich wusste ich, dass das nahezu unmöglich war, und doch schlief ich schon einen Moment später ein, wohlwissend, dass mein Bruder sicherlich nicht neben mir sitzen würde, wenn ich bald wieder aufwachte.

Vielleicht wäre ich auch am liebsten gar nicht wieder aufgewacht.

… 5 …

Ich wusste nicht, wie lange ich geschlafen hatte, als ich wieder wach wurde. Frau Kroening hatte mich nicht geweckt, sie war wohl einfach gegangen, wann wusste ich nicht. Das Gefühl für die Zeit hatte ich sowieso komplett verloren. Zum ersten Mal fiel mir auf, dass sich keine Uhr in unserem Wohnzimmer befand und man von der Couch aus auch keinen Blick auf eine der vielen Uhren in den anderen Zimmern hatte.
Ich nahm mir vor, meiner Mutter davon zu erzählen, das musste unbedingt geändert werden, denn ich wollte immer und überall Zugang zu einer Uhr haben, da ich ohnehin nicht zu den Besten im Zeitmanagement gehörte, seit meinem achtzehnten Geburtstag letzten Sommer besaß ich sogar eine Armbanduhr, Rüdiger hatte sie mir geschenkt.

Ich überlegte, wo Mama überhaupt war. Das letzte Mal gesehen hatte ich sie gestern Nachmittag, wir waren gemeinsam zur Vermisstenstelle gefahren und sie war noch dort gewesen, als ich mit Frau Kroening hierher gegangen war. Mit Sicherheit war sie gestern Abend noch zur Arbeit gegangen, sie hatte noch nicht ein einziges Mal gefehlt, selbst krank war sie schon mehrfach dort erschienen.
Der Grund dafür war ihr Chef, der ihr klar zu verstehen gab, dass sie sich keine Fehlzeiten erlauben durfte, ansonsten würde er sich Ersatz suchen. Und die Stelle zu verlieren konnte sich

Mama wirklich nicht erlauben, denn sie hatte schon damals große Probleme gehabt, einen Abendjob zu finden, der leider zwingend notwendig war. Also ging sie zur Arbeit, ganz egal, wie es ihr ging.

Mir fiel ein, dass sich mein Handy noch in meiner Hosentasche befinden musste, und ich zog es heraus und wollte den Bildschirmschoner lösen, um die Uhrzeit zu erfahren. Erst jetzt erinnerte ich mich, dass ich es zuvor ausgeschaltet hatte, damit der Direktor meiner Schule mich nicht mehr erreichen konnte. Eilig schaltete ich es ein und vergaß den Kratzer im Display, womit ich mir prompt einen kleinen Schnitt im Zeigefinger zufügte, der sogar leicht zu bluten begann.
Ich hoffte, keinen Anruf verpasst zu haben, doch ich musste schnell feststellen, dass genau das passiert war und drei verschiedene Anrufer versucht hatten, mich zu erreichen. Bei dem einen Anrufer musste es sich ziemlich sicher um meinen Rektor handeln, er hatte immerhin drei weitere Male angerufen, nachdem ich mein Handy ausgeschaltet hatte. Der zweite Anrufer war meine Mutter gewesen, nichts, was nicht bis später hätte warten können, aber der dritte Anrufer war anonym, somit konnte ich ihn leider auch nicht zurückrufen. Ich ärgerte mich über mich selbst, bis mir einfiel, dass ich eigentlich nach der Uhrzeit hatte sehen wollen.
Es war schon sehr spät am Morgen, fast Mittag, das erkläre, warum Mama nicht zuhause war, sie musste jetzt bereits wieder bei der Arbeit sein, und zwar bis kurz vor sechs, ehe es um sieben Uhr wieder weiterging. Sie war deshalb oft gestresst, wenn sie in ihrer Mittagspause oder spät nachts nach Hause kam, aber es gehörte leider zu ihrem Alltag. Es war brutal für uns, aber dieser Alltag musste nun weitergehen, auch ohne Rüdiger.

Ich beschloss, zur Vermisstenstelle zurückzufahren, um den neuesten Ermittlungsstand in meinem Fall zu erfahren und mich eventuell über einen Fortschritt bei der Suche nach meinem Bruder freuen zu dürfen. Jedenfalls wollte ich nicht tatenlos herumsitzen und nichts tun.

Doch leider hatten die Ermittler in den vergangenen drei Stunden nichts Neues herausfinden können, und ich ärgerte mich erneut über mich selbst, dass ich von einem Fortschritt ausgegangen war, dass ich einen Fortschritt erwartet hatte, obwohl ich Vorfreude und Erwartungen eigentlich gänzlich zu vermeiden versuchte, ich hatte mir fest vorgenommen, weder große Erwartungen noch allzu große Vorfreude mehr zuzulassen, um dem Risiko der Enttäuschung ausweichen zu können.

Im Rahmen eines Projektes war ich erst wenige Monate zuvor auf das Glückshormon *Dopamin* gestoßen und hatte herausgefunden, dass es mit den vorhergehenden Erwartungen möglich war, das Level an Dopamin im Gehirn selbst zu beeinflussen. Je schöner eine Situation oder ein Gefühl für mich sein würde, desto höher wäre auch das Dopaminlevel, denn Dopamin ist für ein positives Gefühl von Glück, Freude und Zufriedenheit verantwortlich. Wenn wir allerdings im Vorfeld hohe Erwartungen haben, stoßen wir schon vor dem eigentlichen freudigen Ereignis Dopamin aus, da wir uns sozusagen Freude vorwegnehmen und damit einen gewissen Anteil an Glücksgefühlen verfrüht ausstoßen.

Die Differenz zwischen dem bereits erreichten und dem maximal erreichbaren Level ist von nun an wesentlich geringer, weshalb die Freude auch nicht mehr so groß sein kann. Allerdings ist jetzt ein nicht unwesentliches Level Dopamin im Gehirn vorhanden, wir haben uns einen Spiegel des Hormons im

Vorfeld aufgebaut, welcher potentiell wieder sinken könnte, was wiederum eine Enttäuschung hervorrufen würde. Ohne das im Voraus aufgebaute Dopaminlevel könnte es nicht zu einem Sinken und somit auch nicht zu einer Enttäuschung kommen.

Daher wollte ich, seit ich über dieses Verfahren Bescheid wusste, keine Vorfreude mehr spüren und gar nichts oder zumindest so wenig wie möglich von Menschen und Situationen erwarten, um entweder bestätigt oder positiv überrascht zu werden, jedoch keinesfalls enttäuscht. Ich wollte lieber abwarten und die Glücksgefühle richtig genießen, anstatt sie teilweise vorwegzunehmen und dadurch möglicherweise sogar zu verschwenden.

Allerdings war es mir in dieser Situation nicht mehr möglich gewesen, mich an meine strukturierten Abläufe zu halten, von Struktur konnte überhaupt keine Rede sein. Mein Kopf war alles andere als strukturiert, meine Gedanken schwirrten wild durcheinander. Ich kannte mich so nicht, eigentlich hatte ich immer einen kühlen Kopf behalten können, auch in noch so kniffligen und brenzligen Situationen, in denen andere schon längst in Panik ausgebrochen wären. Aber in diesen Tagen war einfach alles anders.

Mit den Ermittlern sprach ich in der Vermisstenstelle nicht über den verpassten anonymen Anruf und verstand mich dabei selbst nicht, wahrscheinlich hoffte ich noch immer auf einen zweiten Anruf. Dieser folgte wenig später tatsächlich, und als habe mich der anonyme Anrufer die ganze Zeit über beobachtet genau zu dem Zeitpunkt, als ich gerade das Büro von Frau Kroening verlassen und mich auf den Weg zur Toilette gemacht hatte.

Ich ging einige Schritte in einen Nebenflur, um ungestört zu sein. Die Stimme am anderen Ende der Leitung war ungewöhnlich tief und hatte einen unüberhörbaren süddeutschen Akzent, ich kannte sie nicht und hatte sie auch noch nie gehört, doch es war unschwer zu erkennen, dass es sich um einen männlichen Anrufer handeln musste. Er sprach nicht in ganzen Sätzen und nuschelte stark, garantiert absichtlich. Ich verstand etwas von einem Griechen und von 15 Uhr, dann vernahm ich deutlich den Namen meines Bruders.
Bevor ich genügend Luft holen konnte, um zu antworten, erklang das monotone Piepsen, der Mann hatte aufgelegt. Meine Hand, in der ich das Handy hielt, zitterte und ich wusste nicht, was ich tun sollte, war überfordert mit der ganzen Situation, mit dem ganzen Tag, mit allem.
Langsam drehte ich mich um und schielte auf die viel zu große Uhr, die im Flur weit oben an der Wand hing. Ich hatte rund eine halbe Stunde Zeit bis 15 Uhr, wofür wusste ich nicht, und was mich dann erwarten würde, wusste ich auch nicht. Da war lediglich ein Bauchgefühl, das mir klar zu verstehen gab, dass ich tun musste, was der Anrufer von mir verlangt hatte, auch wenn ich nicht genau wusste, was das war. Ich würde einfach in weniger als einer halben Stunde in unserem Stammlokal erscheinen und auf weitere, etwas genauere Informationen hoffen.

Normalerweise war ich nie pünktlich, im Zeitmanagement lag ja bekanntlich nicht meine Stärke. Freunde und gute Bekannte kannten das schon von mir und bestellten mich zu wichtigen Terminen meist sogar lieber eine Viertelstunde früher, sodass ich zum eigentlichen Zeitpunkt eintreffen würde. Doch heute hatte ich es tatsächlich irgendwie geschafft, pünktlich um drei

Minuten vor 15 Uhr auf der Dachterrasse unseres Stammlokals, dem Griechen, zu sein.
Irgendwie trifft es wohl ziemlich gut, wie ein Irrer war ich durch die Straßen Hamburgs gerast, hatte dabei jegliche Verkehrsschilder und Vorfahrtsregelungen gänzlich missachtet, in jeder Führerscheinprüfung wäre ich schon nach drei Minuten durchgefallen, ich hätte bestimmt eine Handvoll Strafzettel verdient gehabt, aber ich war hier. Rechtzeitig. Und, so hoffte ich, nicht umsonst.

Ich saß also parat und wartete auf etwas, einen Anruf, ein Zeichen oder eine persönliche Begegnung. Ungeduldig krempelte ich meinen rechten Ärmel ein Stück hoch und sah zum wiederholten Male auf meine neue Armbanduhr, auch wenn erst ein paar Sekunden vergangen waren, seit ich das letzte Mal die Uhrzeit geprüft hatte. Aber jetzt konnte es nur noch wenige Augenblicke dauern, bis die Glocken des Kirchturms direkt nebenan unüberhörbar erst viermal, dann dreimal läuten würden.
Die Zeit verging überhaupt nicht, und doch war es plötzlich zehn Minuten nach drei, dann Viertel nach drei. Nichts war passiert, ich begann nachzudenken, zu überlegen, zu grübeln. Ich suchte eine Erklärung. Hatte ich mir die Geschichte aus den Bruchstücken, die ich verstanden hatte, nur zusammengereimt? War der Mann am Telefon einfach ein harmloser Spaßanrufer gewesen und hatte mich nur zufällig angerufen? Aber warum hätte er ansonsten den Namen Rüdiger erwähnen sollen?
Ich dachte darüber nach, warum ich eigentlich hier war. Hätte ich mit Verstand gehandelt, wäre ich niemals hierher gekommen, ich hielt es eigentlich für absurd, was ich getan hatte, was ich im Moment tat. Aber mein Verstand besaß offensichtlich in diesen Tagen längst nicht eine solche Durchschlagskraft wie

noch vor ein paar Wochen. Dennoch entschied ich mich knapp zwanzig Minuten nach drei, meinen Kaffee zu bezahlen und zu gehen.

Als plötzlich mein Handy klingelte und ich auf meinem Display *anonym* las, sah ich mich erschrocken um. Wieder kam es mir vor, als werde ich beobachtet. Wie könnte der Anrufer sonst immer genau den richtigen Moment erwischen? Skeptisch nahm ich ab und bekam dieselbe Stimme zu hören, die mich zuvor schon einmal angerufen hatte, die Tiefe und der süddeutsche Akzent waren unverkennbar und mir sofort wieder aufgefallen.

Diesmal nahm ich mir vor, den Anrufer sofort zu unterbrechen, um ihm nicht wieder die Chance zu geben gleich aufzulegen, bevor ich sprechen konnte. Der Mann gab mir zu verstehen, mich hierherzulocken sei nur ein Test gewesen und er freue sich, dass ich seine Anweisungen befolgte. Mit scharfem Tonfall fiel ich ihm ins Wort und verlangte sofortige Auskunft über meinen Bruder. Vom anderen Ende der Leitung ertönte ein aufgesetztes Lachen, das fast noch künstlicher und noch unechter klang als das der Bösewichte aus den Vorabendzeichentrickserien, die ich noch bis vor ein paar Jahren täglich zusammen mit Rüdiger angesehen hatte.

Dann wurde der Mann wieder ernst und drohte mir für mich gefährliche Konsequenzen an, wenn ich mit jemandem darüber sprach. Entschlossen forderte ich eine Erklärung für das Spiel, das ihm Spaß zu bereiten schien, sowie eine konkrete Anweisung, was ich für meinen Bruder tun sollte. *Ich brauche deine Hilfe*, hörte ich die tiefe Stimme sagen. Eine Gelegenheit für Nachfragen ließ der Mann mir jedoch nicht mehr, mit den Worten *Warte einfach ab, ich melde mich wieder* beendete er das Gespräch.

Noch immer wusste ich nicht, was das alles sollte, auch gab es keine konkreten Anzeichen, ob es sich bei dem Mann um einen möglichen Entführer meines Bruders handeln könnte oder ob er überhaupt etwas mit Rüdigers Verschwinden zu tun hatte. Zumindest schien er bestens darüber informiert zu sein, was ich gerade tat und wo ich mich befand. Und genau deshalb wollte ich kein Risiko eingehen und mit niemandem über die Anrufe sprechen, schon gar nicht mit Frau Kroening, bei der ich mich wegen meiner Kopfschmerzen für eine Stunde an die frische Luft verabschiedet hatte.

Da diese Stunde bereits vorüber war und ich ihr nicht noch mehr Gründe für ihr ungerechtfertigtes Misstrauen mir gegenüber geben wollte, fuhr ich nach Hause und nahm mir vor, von dort in der Vermisstenstelle anzurufen. Mir blieb wohl sowieso nichts anderes übrig, als auf den nächsten Anruf zu warten, ohne zu wissen, ob dieser in einer halben Stunde oder in drei Tagen kommen würde. So lange musste ich jedenfalls so tun, als warte ich nicht auf einen Anruf und als habe es nie ein solches Telefonat gegeben.

Ich hatte keine Ahnung, was ich mit dem, was von dem Tag noch übrig geblieben war, anfangen sollte, wobei ich immer bereit sein musste zu reagieren, falls der nächste Anruf käme. Als ich in die Straße zu meinem Zuhause einbog, erkannte ich aus der Ferne, dass ein großgewachsener Mann mit grauen, zerzausten Haaren und einem farblich dazu passenden Jackett vor unserer Haustüre stand. Zu meiner Enttäuschung stellte ich fest, dass ich einen mehr oder weniger *entspannenden* Fernsehabend auf der Couch wohl vergessen konnte, denn bei dem Mann handelte es sich unverwechselbar um Johannes Hector, den Direktor meines Gymnasiums.

Ich bereitete mich gedanklich schon einmal auf ein langes, vermutlich unangenehmes Gespräch vor, während ich meinen Wagen parkte und den schmalen Steg entlang zu unserer Haustüre lief. Er hatte mich ebenfalls von weitem gesehen und kam mir entgegen. Ohne ihn zu unterbrechen hörte ich mir geduldig an, was er dringend loswerden musste, ohne dabei richtig zuzuhören, ich wollte nicht zuhören, wollte eigentlich auch nicht sprechen. Wortlos schloss ich die Türe auf und bat ihn in die Wohnung.

Es war eigentlich zu erwarten, was er sagte, Überraschungen gab es keine. Nachdem ich ihm höflicherweise einen Kaffee angeboten hatte, musste ich mir zum Dank all das noch einmal anhören, was Direktor Hector vor der Türe bereits nicht mehr zurückhalten gekonnt hatte.
Ein weiteres Mal blieb ich ruhig, auch wenn ich ihn am liebsten schon beim ersten Satz unterbrochen hätte. Ich ließ ihn bis zum Ende aussprechen und tat so, als würde ich zuhören, ließ Vorwürfe über mich ergehen, die mittlerweile nicht mehr nur das unentschuldigte Fehlen, sondern auch die abgewiesenen Anrufe betrafen. Direktor Hector schien nicht ein einziges Mal daran zu denken, mich zu fragen, was denn der Grund dafür war, dass ein eigentlich vorbildlicher Schüler, was ich von mir selbst behaupten würde, von heute auf morgen unentschuldigt bei der finalen Prüfung fehlte.
Stattdessen schien es meinen Rektor aber gar nicht zu interessieren, wie es mir ging und welche *Ausrede* ich für mein Fehlen hatte, er wollte einfach Worte loswerden, die mir ein schlechtes Gewissen machen sollten und die er scheinbar Wort für Wort sorgfältig vorbereitet hatte und jetzt wie von einem Tonband abzuspulen schien. Da er nicht nachfragte, konnte er ja nicht

wissen, dass ich keinen Grund für ein schlechtes Gewissen hatte.

Als er seinen Vortrag endlich beendet hatte, erzählte ich langsam, Schritt für Schritt, was ich in den letzten zwölf Stunden erlebt hatte, und ich tat es in einer überraschenden Ruhe, die ich von mir in einer solchen Situation nicht erwartet hätte, zumal ich innerlich alles andere als ruhig und entspannt war. Immerhin wartete ich jede Sekunde darauf, dass mein Handy klingeln und der Unbekannte mir verraten würde, was ich tun könnte, um meinen Bruder wiederzusehen.

Wenigstens brachte Direktor Hector am Ende meines Berichtes Verständnis für mein Fehlen auf, sogar für die abgewiesenen Anrufe, was ihn wohl noch mehr geärgert haben musste. Ich glaubte, sogar ein Stück Betroffenheit erkennen zu können. Er entschuldigte sich, mehr oder weniger, für sein Auftreten und behauptete nun plötzlich, er habe natürlich gewusst, dass jemand wie ich nicht so einfach bei der Abiturprüfung fehlen würde. Ich glaubte ihm seine Entschuldigung überhaupt nicht, doch ich war zufrieden, dass sie gekommen war.

Zwar sicherte er mir zu, ich bräuchte mir keine Sorgen wegen der Prüfung zu machen und dürfe sie in jedem Fall in voller Gültigkeit nachholen, sobald es mir besser gehe, aber auch das konnte ich ihm nicht voll und ganz abnehmen. Es war nicht der richtige Zeitpunkt, um über die Prüfung zu sprechen, und es war schon gar nicht der richtige Zeitpunkt, um sich zu freuen. Trotz allem erwischte ich mich dabei, dass mich ein Gefühl der Erleichterung beschlich.

Direktor Hector war danach nicht mehr lange bei mir gewesen, worüber ich sehr froh war. Ich wollte alleine sein. Er hatte lediglich noch seinen Kaffee getrunken und war verschwunden.

Das gab mir die Möglichkeit, mich endlich auf die Couch zu legen und meinen Kopf freizubekommen, zumindest so gut es ging. Zuerst versuchte ich es mit der heutigen Ausgabe der Tageszeitung, die ich noch nicht einmal aus dem Briefkasten genommen hatte, doch ich bemerkte bald, dass ich mich nicht auf einen einzigen Bericht konzentrieren konnte, außerdem waren mir die Schlagzeilen zu negativ, was dieser Tage leider üblich war.

Alles, was sich für die Presse gerade zu melden lohnte, handelte entweder von neuerlichen Protesten im Nahen Osten, größeren und kleineren militärischen Auseinandersetzungen irgendwo auf der Welt oder einem weiteren Anschlag, hinter dem man einen terroristischen Hintergrund vermutete, diesmal sogar in den Vereinigten Staaten. Unzufrieden faltete ich die Zeitung wieder zusammen und warf sie auf den Boden. Noch während ich überlegte, womit ich mich sonst beschäftigen sollte, muss ich eingeschlafen sein.

Die Entscheidung, was ich an diesem Abend tun könnte, war mir damit abgenommen worden, denn ich wachte erst am nächsten Morgen wieder auf. Zum ersten Mal seit Tagen fühlte ich mich überraschenderweise einigermaßen fit und ich wollte auf die Uhr sehen, um feststellen zu können, wie lange ich geschlafen hatte, doch wieder einmal musste ich erkennen, dass ich von der Couch aus keinen Blick auf eine funktionierende Uhr hatte, ich war also dazu gezwungen, aufzustehen. Es war kurz nach zehn Uhr morgens, und ich muss wohl fast fünfzehn Stunden geschlafen haben, vielleicht sogar noch länger.

Obwohl ich mich wie gesagt ziemlich fit fühlte, war ich heilfroh, heute nicht zur Schule gehen zu müssen. Morgen stand in Mathe die nächste Prüfung an, also gönnte man uns nach dem

Deutschabitur gestern einen Tag Pause, wenngleich eigentlich erwartet wurde, dass wir diesen Tag noch einmal zum Lernen nutzten.

Allerdings hatte ich nicht vor, mich heute mit Mathematik auseinanderzusetzen, unmöglich hätte ich mich konzentriert mit irgendwelchen Ableitungen, Integralrechnungen oder dem Lösen von Logarithmen befassen können, während ich noch immer jeden Moment damit rechnete, dass auf meinem Handy ein Anruf eingehen musste.

Gleichzeitig wollte ich aber auch nicht tatenlos dasitzen und nichts tun, so entschied ich mich dazu, zur Vermisstenstelle zu fahren, um womöglich positive Neuigkeiten erfahren zu können. Ich rechnete nicht damit, dass die Kommissare einen Schritt weitergekommen waren, aber dafür hoffte ich, vielleicht helfen zu können, ich wollte es wenigstens anbieten.

Frau Kroening erwartete mich bereits, als hätte sie gewusst, dass ich kommen würde, ich hatte mich nicht angekündigt. Leider gab es nichts Neues, obwohl sie betonte, dass die Ermittler in den letzten Stunden alles daran gesetzt hätten, meinen Bruder zu finden. Sie müsse daher mittlerweile davon ausgehen, dass es sich um eine Entführung handeln könnte, auch wenn es noch keine Anrufe gegeben habe. Immerhin war Rüdiger nun schon einen ganzen Tag lang verschwunden, so ihre Begründung für ihren Verdacht.

Jedoch konnte ich die Begründung der Kommissarin nicht so recht nachvollziehen. Dass mein Bruder nun seit vierundzwanzig Stunden nicht aufgetaucht war, war meiner Meinung nach noch lange kein Grund, ohne jegliches Indiz von einer Entführung zu sprechen. Vorausgesetzt, sie spekulierte von der Entführung wirklich ohne Indizien, dabei war ich mir nicht sicher.

Weil ich einen Zusammenhang zu Rüdigers Aussage im Mordprozess befürchtete, ging ich persönlich schon längst von einer Entführung aus, wovon Frau Kroening zu diesem Zeitpunkt allerdings nichts wusste, jedenfalls nicht von mir. Doch ich vermutete, dass sie mehr wusste, als sie mir zu sagen bereit war. Weshalb, konnte ich nicht verstehen, eventuell betrachtete sie mich immer noch als einen Verdächtigen.

Von eventuellen Erpresseranrufen, Lösegeldforderungen oder dergleichen müsse sie sofort wissen, verdeutlichte Frau Kroening. Ohne eine Sekunde darüber nachzudenken verneinte ich und versicherte ihr, mir sei bewusst, dass ich davon erzählen müsse, bislang jedoch noch keine Anrufe erhalten habe.
Ich erschrak, wie skrupellos ich gelogen hatte, ich kannte das von mir gar nicht. Eigentlich war ich ein sehr schlechter Lügner und man merkte es mir sofort an, wenn ich nur ein noch so kleines Detail veränderte, wahrscheinlich war es die mangelnde Erfahrung, denn ich war ein ehrlicher Mensch und es war mir auch sehr wichtig, dies zu sein.
Weshalb ich Frau Kroening immer noch nicht von dem Anrufer erzählte, konnte ich nach wie vor nicht erklären. Es war ein Bauchgefühl, und da ich zu oft schon nicht auf mein Gefühl gehört und stattdessen zu lange nachgedacht hatte, um dann doch die falsche Entscheidung zu treffen, habe ich daraus gelernt und meinen Kopf öfter ausgeschaltet, so wie in diesen Tagen mehrfach. Überraschenderweise schien die Kommissarin mir sogar zu glauben, zumindest fürs Erste.

In meiner Hosentasche spürte ich, wie mein Handy vibrierte. Dreimal. Ich war nicht von der Sorte junger Menschen, die rund um die Uhr erreichbar waren und immer sofort auf jede

Nachricht antworteten, ganz im Gegensatz zu meinem Bruder. Aber an diesem Tag war alles anders, ich musste einfach wissen, ob es der unbekannte Mann gewesen sein könnte, der sich bei mir gemeldet hatte, also gab ich an, dringend auf die Toilette zu müssen und verschwand aus dem Büro. Es war entschieden zu riskant, die Nachrichten zu lesen, während Frau Kroening neben mir stand, sollten sie wirklich von der Person sein, von der ich sie erhoffte.

Ich schloss mich in der Toilette ein und zog nervös mein Handy aus der Tasche. Die drei Nachrichten waren tatsächlich von dem unbekannten Anrufer, der nun scheinbar SMS einem persönlichen Gespräch am Telefon vorzog.

Ich habe gesagt, dass ich deine Hilfe brauchte, schrieb er. So weit wusste ich bereits Bescheid, ich wollte nicht die ganze Zeit dasselbe lesen, sondern hoffte auf konkretere Nachrichten.

Die zweite Nachricht gab mir endlich meine gewünschte Information. *Wir treffen uns heute Abend, 23 Uhr, an der alten Försterei im Nordwesten.*

Kurz darauf muss er die dritte Nachricht abgeschickt haben, in der er lediglich noch einmal *Komm alleine!* forderte.

… 6 …

Ich habe wirklich sehr lange darüber nachgedacht, ob ich mich von dem Unbekannten durch die Gegend jagen lassen sollte, wie eine Drohne, die er kontrolliert quer durch die Straßen Hamburgs flog. Dabei wusste ich nicht einmal, wofür ich das alles tat, ob ich nur meine Zeit verschwendete oder tatsächlich dabei half, Rüdiger zu befreien. Ich erkannte mich selbst nicht wieder in dem, was ich tat, selbstverständlich folgte ich erneut den Anweisungen und stand um drei Minuten vor elf Uhr in der Einfahrt des alten Forsthauses, pünktlich und alleine, ganz genau wie von mir verlangt.
Wahrscheinlich war es wieder eine Bauchentscheidung gewesen, die mich hergeführt hatte, in diesen Tagen konnte ich sowieso überhaupt nichts mehr verstehen, respektive nachvollziehen. Ich fror trotz meiner Winterjacke, obwohl es bereits April war und die Meteorologen eigentlich eine warme Frühlingsnacht vorhergesagt hatten. Offenbar konnte man sich auf gar niemanden mehr verlassen.

Gerade als ich mein Handy aus der Tasche holte, um nach der Temperatur zu sehen oder auch nur um die Uhrzeit zu prüfen, fuhr ein silberner Mercedes auf mich zu. Es war eine S-Klasse, ein sehr teurer Wagen, wie schon das LED-Scheinwerferlicht vermuten ließ, in dem ich jetzt stand. Hinter dem Steuer erkannte ich die Schattengestalt eines Mannes mit breiten

Schultern und einem kurzen Hals. Als das Auto näher kam, spiegelte sich der Mond, welcher wohl nur noch wenige Tage bis zu seiner vollen Größe brauchen konnte, auf dem Kopf des Mannes und erleuchtete dessen Gesicht.
Erst jetzt kapierte ich, wer auf mich zugefahren kam, ich erkannte ihn sofort wieder, wenngleich ich ihn bei der Gerichtsverhandlung das erste und einzige Mal gesehen hatte. Seine Gestalt war unverkennbar wie auch seine Stimme, jetzt erinnerte ich mich an sie, es war zweifelsohne dieselbe wie die des unbekannten Anrufers. Ich konnte nicht glauben, dass ich nicht früher darauf gekommen war.

Dupont stieß die Beifahrertüre auf und verlangte von mir, zu ihm in den Wagen zu steigen. Da ich wusste, um welche Art von Mensch es sich bei ihm handelte und wozu er vermutlich imstande wäre, lehnte ich entschieden ab, ohne mir ein schlimmes Szenario auszumalen. Ich dachte sogar daran wegzulaufen, doch ich tat es nicht, denn er drohte mir mit tieferer und aggressiverer Stimme als bisher mit dem Tod Rüdigers, wenn ich nicht tat, was er wollte, das war mein Schwachpunkt, und das wusste er ganz genau.
Natürlich gab ich nach und setzte mich auf das schmutzige Polster des Beifahrersitzes. Es war fast schon schade um den teuren Wagen, dass er so verschmutzt war, ich malte mir aus, wie viel das Auto wohl an Wert verloren haben würde, wenn es eines Tages wieder verkauft werden sollte, und das in diesem ungepflegten Zustand. Zum ersten Mal machte ich mir Gedanken darüber, dass Dupont ziemlich reich sein musste, zumindest hatte er weit mehr als genug Geld, was nicht nur seinen luxuriösen Wagen, sondern auch seinen guten Anwalt damals erklärte.

Erst durch das laute Klacken, als Dupont die Türen verriegelte, wurde ich wieder aus meinen Gedanken gerissen. Ich spürte ganz genau, wie mein Herz immer schneller schlug und mein Puls jeden Moment zu explodieren drohte. Ich fror noch stärker als zuvor.
Wir fuhren los und sprachen nicht miteinander, ich hätte so viele Fragen gehabt, so viel zu sagen, hätte bestimmt länger sprechen können als die Fahrt jemals dauern könnte, aber wohl kaum ein Wort herausgebracht.

Nach einer Weile hatte ich keine Ahnung mehr, wo wir uns befanden. Obwohl ich die Orientierung gänzlich verloren hatte, war ich mir sicher, wir waren mehrmals im Kreis herum gefahren, es sah alles gleich aus, bei Dunkelheit sowieso, nichts als Bäume, wir waren mitten in einem Wald. Plötzlich hielt Dupont an und gab mir zu verstehen, dass wir angekommen seien, er forderte mich auf, auszusteigen und ihm zu folgen.
Dieses Mal erleichterte mich das Klacken, mit dem sich die Autotüren wieder entriegelten. Am liebsten wäre ich einfach weggerannt, so weit weg wie möglich, zurück zur Vermisstenstelle, hätte Frau Kroening alles erzählt, was ich ihr bislang verschwiegen hatte, von den Telefonaten, dem Treffen, der Vorgeschichte von Rüdiger und Dupont, über die ich mit ihr, wie mir erst jetzt auffiel, noch nie gesprochen hatte, sie hätte gemeinsam mit ihrem Team Dupont schließlich wegen Entführung verhaftet und Rüdiger wäre einfach nach Hause gekommen, als wäre nichts passiert.
Aber es sprach rein gar nichts dafür, jetzt wegzulaufen, also blieb ich, wenn auch mit einem komischen, einem unwohlen Gefühl. Wir befanden uns in einem Wald, der dunkler nicht hätte sein können, nur an ein paar wenigen Stellen schien der

fast volle Mond durch die dichten Baumkronen hindurch, es war das einzige Licht, nachdem Dupont auch das LED-Licht der Scheinwerfer ausgeschaltet hatte. Ich beobachtete seine Schattengestalt, wie sie im Kofferraum kramte, wohl auf der Suche nach einer Taschenlampe. Er hätte es sicherlich erst einmal nicht bemerkt, wenn ich plötzlich nicht mehr da gewesen wäre.

Nachdem er endlich gefunden hatte, was er suchte, leuchtete er sich mit einem viel zu kleinen Lichtpegel den Weg zwischen den Bäumen. Mich ignorierte er dabei komplett, er schien es vielmehr als selbstverständlich anzusehen, dass ich ihm folgte, und so marschierte ich hinter ihm her, ich weiß nicht wie lange, in einem dunklen Wald verliert man neben dem räumlichen Gefühl auch das Gefühl für die Zeit.
Auf einmal blieb er stehen und richtete das spärliche Licht zielstrebig auf einen der Bäume. Mir kam der Baum zunächst willkürlich vor, ich musterte zwar ausführlich den Bereich, auf den Dupont seinen Lichtpegel richtete, doch ich sah nur die Rinde einer für mich völlig unbedeutenden alten Eiche, wie man sie in diesem Wald zu Tausenden finden konnte, in mehr oder weniger gleicher Ausführung. Dupont drückte mir die Taschenlampe in die Hand und rieb seine Hände aneinander, dabei erinnerte er mich an ein Kind, das gerade kurz davor war, seine Geschenke zum neunten Geburtstag zu öffnen.
Mit großen Schritten ging er auf den Baum zu und neigte seinen Kopf um den Stamm, als prüfe er, ob sich dahinter etwas befand. Seinem stolzen Grinsen nach zu urteilen, das er im Licht der Taschenlampe präsentierte, musste er gefunden haben, was er wollte. Erstmals sprach er mich direkt an, forderte mich auf, näherzutreten, ich stand ein paar Meter von der Eiche entfernt,

da ich mich weiter weg deutlich wohler fühlte. Wieder tat ich, was Dupont befahl, ging einige Schritte auf ihn zu und wagte ebenfalls einen Blick hinter den Baum, nicht, weil es mich interessiert hätte, sondern weil ich eine weitere direkte Aufforderung vermeiden wollte.
Mich erwartete zwar nur ein Sack, eine blaue Mülltüte um genau zu sein, die randvoll gefüllt war, jedoch war mir klar, dass ich leider stark davon ausgehen musste, bei dem Inhalt handle es sich nicht etwa um Essensabfälle, Papierschachteln und Restmüll.
Ich wehrte mich gegen den Gedanken, dass auch ich hinter dem Baum finden würde, wonach ich suchte, doch der Gedanke machte sich in meinem Kopf breit. Ich wurde nervös, und das obwohl ich nicht so recht wusste, ob ich den Gedanken als Befürchtung oder als Hoffnung bezeichnen sollte.

Sie sei zu schwer, um sie alleine zu versorgen, flüsterte Dupont. Meine vorsichtige Frage, was in dem Müllsack sei und wie das hierher komme, kommentierte er mit einem eiligen *Unwichtig*. Er beugte sich auf die Knie und gab mir ein Zeichen, ihm zu helfen. Ich kippte meinen Kopf zur Seite und klemmte die Taschenlampe zwischen Schulter und Wange, in der Hoffnung, sie würde beim Laufen nicht herunterfallen. Behutsam kniete ich ebenso vor die blaue Mülltüte und hob sie gemeinsam mit Dupont ein Stück an.
Plötzlich bildete ich mir ein, den Arm eines Menschen darin spüren zu können, ich ließ sie abrupt wieder auf den Boden fallen. Dupont schien verärgert darüber und kommandierte in einem strengen Ton, ich solle mich nicht so anstellen und den *Sack* richtig anpacken. Es kostete mich sehr viel Überwindung, noch einmal nach der Mülltüte zu greifen, ich hatte Gänsehaut

bei der Vorstellung, einen Menschen, von dem ich ausgehen musste, dass er wohl nicht mehr am Leben war, in einer blauen Mülltüte mitten in der Nacht durch einen Wald zu tragen, und das auch noch gemeinsam mit einem Mann, von dem ich wusste, dass er schon einmal einen Menschen umgebracht hatte und möglicherweise auch für den Inhalt dieses Müllbeutels verantwortlich war.

Mir war klar, dass ich wohl gerade dabei war, einem Kriminellen dabei zu helfen, eine Leiche irgendwo hinzutragen, wo sie keiner finden würde, somit half ich dabei, einen Mord zu vertuschen, ich fühlte mich selbst wie ein Krimineller.

Es war alles so unwirklich, als würde es gar nicht wirklich geschehen, als wäre alles ein Film, einer dieser Krimis, wie sie tagtäglich auf zahlreichen Sendern zur Primetime zu sehen waren, nur mit dem Unterschied, dass mein Bruder und ich die Hauptrollen spielten. Dabei war ich eigentlich kein guter Schauspieler und hätte die Rolle wirklich nicht verdient gehabt, bei jedem Vorsprechen und bei jedem Casting wäre ich bereits nach drei Minuten durchgefallen. Ich fragte mich also, warum man mich für diese Rolle ausgewählt hatte, ich war komplett talentfrei, was die Schauspielerei betraf, und ich kannte noch nicht einmal das Drehbuch.

Was in der nächsten Szene passieren würde, konnte ich allerdings erahnen. Wir hatten soeben eine blaue Mülltüte in den Kofferraum geladen, und da diese dort unmöglich bleiben konnte, mussten wir sie wieder loswerden, sonst wäre der ohnehin nicht sehr hohe Wert des Wagens wohl noch weiter gesunken. Dupont hielt an einem Ufer, es musste die Elbe sein, und ich war froh, endlich wieder Licht zu sehen, auch wenn es nur das Mondlicht im Spiegel des Wassers war.

Auf einmal wusste ich ganz genau, was zu tun war, ich sah mir die Abendkrimis gelegentlich an und hatte genug von diesen Folgen gesehen, in denen genau das passiert war. Eigentlich hatte ich sie immer für wenig authentisch gehalten, aber nun war es wirklich echt, und in der Realität war es noch einmal um ein Vielfaches schlimmer als die Regisseure es im Fernsehen jemals hätten darstellen können.

Fast schon mechanisch ging ich an den Kofferraum und hob gemeinsam mit Dupont den Müllsack an. Mit einer ruckartigen Kopfbewegung zeigte er mir an, wohin er die Fracht platziert haben mochte. Wir trugen sie ganz zum Ufer ran und setzten zu einer schwungvollen Bewegung an, um ihn dann ins Wasser zu werfen, wo er versinken und niemals gefunden würde.
Nach wie vor war mir voll und ganz bewusst, was ich tat, was ich anrichtete, doch ich wusste genauso, dass ich dieser Situation wohl nicht anders entfliehen könnte, als genau das zu tun, was Dupont von mir verlangte, wenn ich wenigstens noch den Hauch einer Chance wahren mochte, meinen Bruder wiederzusehen.
Es war absurd so zu denken, denn eigentlich war ich bislang immer fest davon ausgegangen, ihn wiedersehen zu können, aber irgendetwas hatte mich von einem Moment auf den nächsten umgestimmt, mein Optimismus, wofür ich früher immer wieder bewundert worden war, schien nicht mehr zu existieren, zumindest war er in diesen Tagen spurlos verschwunden, genau wie mein Bruder.

Widerwillig holte ich Schwung und schleuderte den blauen Müllsack über die hüfthohen Sträucher am Uferrand in die Elbe. Das Plätschern, als er auf der Wasseroberfläche einschlug, war mehr als deutlich zu vernehmen, es war lauter als ich es mir gewünscht hätte. Überhaupt herrschte sonst eine Totenstille am Elbufer, eine wirklich gespenstische Atmosphäre, die von den besten Filmregisseuren nicht besser hätte inszeniert werden können.

Wie versteinert beobachtete ich, wie der Sack langsam immer tiefer sank, bis er irgendwann nicht mehr zu erkennen war und für immer verschwand. Niemand würde jemals erfahren, dass es Dupont und ich gewesen waren. Vor allem ich würde wohl niemals erfahren, was genau ich gerade mit meinen eigenen Händen im Wasser versenkt hatte. Ich war mir nicht sicher, ob ich es hätte wissen wollen, und schon gar nicht, ob ich dann trotzdem genau so gehandelt hätte.

Aber solche *Was wäre wenn*-Fragen hatte ich mir mit der Zeit abgewöhnt, sie brachten sowieso nichts.

... 7 ...

Es muss etwa drei Stunden später gewesen sein, als ich wie in Trance die Vermisstenstelle betrat, wie man mir erzählte. Anscheinend war ich auf dem kalten und unbequemen Metallstuhl im Flur eingeschlafen, wenige Momente, nachdem ich mich hingesetzt hatte und noch bevor Frau Kroening in der Lage gewesen war, mir den Tee zu bringen, den ich angeblich gewollt hätte.

Erst am nächsten Morgen war ich wieder bei vollem Bewusstsein, besser gesagt bei vollem Verstand. Frau Kroening hatte mich geweckt. Ich hatte Rückenschmerzen, wahrscheinlich der unbequemen Schlafposition geschuldet, in der ich es scheinbar immerhin neun Stunden lang ausgehalten hatte, ohne mich auch nur einen Zentimeter zu bewegen.
An das, was Frau Kroening mir dann erzählte, konnte ich mich absolut nicht mehr erinnern. Sie sprach von einem Waldweg, auf dem sie mich gefunden hätten, ich sei mit einem Mann in einem Auto gesessen und hätte mich mit ihm unterhalten, bevor einige Kommissare schließlich in der Lage gewesen seien, mich aus dem Auto zu *retten* und hierher zur Vermisstenstelle zu fahren.
Ich sei nicht wirklich bei mir gewesen, denn die Ermittler hätten mir zwar zahlreiche Fragen zu dem ereigneten Vorfall gestellt, aber ich hätte den Anschein erweckt, nicht eine der Fragen zu

verstehen, und die Kollegen lediglich nachdenklich angesehen und nicht mit ihnen gesprochen. Ich wusste von all dem überhaupt nichts mehr.

Das letzte, woran ich mich vollständig erinnern konnte, war die Begegnung mit Dupont und der blaue Müllsack, den wir in der Elbe versenkt hatten. Danach waren wir wieder in das Auto gestiegen und eine ganze Weile lang gefahren, doch je länger die Fahrt gedauert hatte, desto blasser waren meine Erinnerungen daran, von dem Ausgang des Abends wusste ich schließlich gar nichts mehr.

Es war, wenn ich mich nicht täuschte, sogar zu einem Gespräch zwischen Dupont und mir gekommen, ein Gespräch über meinen Bruder, doch leider wusste ich nicht mehr, was er und ich genau gesagt hatten, es waren nur Bruchstücke, die ich vor mir sah, die ich zu puzzeln versuchte, aus denen ich mir ein Gespräch basteln wollte.

Das Schlimme an der ganzen Sache war, dass wir keinen Schritt weiter waren, ganz im Gegenteil. Zumindest war nun davon auszugehen, dass Dupont tatsächlich hinter Rüdigers Verschwinden stecken musste, aber das Problem war, dass er auf einmal verschwunden war, jedenfalls wollte mir keiner der Kommissare sagen, wohin er gegangen war. Ich konnte mir nicht sicher sein, ob sie es selbst wussten oder nicht.

Irgendwie fühlte ich mich verantwortlich dafür, dass wir nicht vorangekommen waren und auch weiterhin nicht vorankamen, immerhin wüssten wir jetzt vielleicht, wo sich mein Bruder gerade befand, wenn ich mich nur komplett an dieses Gespräch erinnern könnte. Obwohl ich mich wirklich bemühte, es gelang mir einfach nicht, eine zusammenhängende Erinnerung zurückzuholen.

Frau Kroening meinte, ich solle mich nicht zu sehr unter Druck setzen und mir selbst ein wenig mehr Zeit geben, um möglicherweise mehr und mehr Teile zusammenzubekommen. Aber da ich mich sowieso viel zu oft selbst unter Druck setzte, tat ich es auch an diesem Tag. Es ging nach wie vor um meinen Bruder, womöglich sogar um das Leben meines Bruders, ich wusste es nicht.

Jedenfalls war klar, dass das Puzzle so schnell wie möglich gelöst werden musste, ich musste lediglich noch die restlichen Teile wiederfinden, musste sie im ganzen Haus zusammensuchen, um das Puzzle danach endlich komplett zusammensetzen zu können.

Ich war froh um den Tee, den mir Frau Kroening anbot. Angeblich habe sie mir gestern Abend schon einmal einen angeboten, wie sie erneut erzählte, doch ich konnte mich absolut nicht mehr daran erinnern, überhaupt hierher gekommen zu sein.

Die Kommissarin setzte sich auf einen freien Stuhl neben mir, ohne zu sprechen. Auch ich hatte noch nicht das Gefühl, mit ihr sprechen zu müssen, auch wenn ich genau wusste, dass es wohl an der Zeit war, sich zu entschuldigen. Der Abend gestern hätte nicht so dramatisch enden müssen, wie sie angedeutet hatte, sie hatte davon gesprochen, man habe mich *retten* müssen, ich wusste sowieso nichts mehr.

Das alles wäre nicht passiert, hätte ich ihr von meinem Kontakt zu Dupont erzählt. Ich war mir noch nicht einmal sicher, ob sie von dem Prozess gegen Dupont wusste, bei dem Rüdiger ausgesagt, man ihm jedoch nicht geglaubt hatte. Die ganze Zeit über hatte ich nicht daran gedacht, ihr davon erzählen zu müssen. Ich hatte es schlichtweg vergessen.

Nach anfänglichem Zögern beschloss ich jetzt aber doch, Frau Kroening alles zu sagen, was ich wusste, oder besser gesagt alles, woran ich mich wenigstens ansatzweise erinnerte. Ich wollte wieder offen und ehrlich sprechen, weil ich davon ausging, dass das am meisten helfen würde, meinen Bruder zu finden.
Also begann ich ganz von vorne, berichtete von Rüdigers Beobachtung, dem vermeintlichen Mord, dem anschließenden Gerichtsprozess mitsamt dem Resultat, das uns alles andere als zufriedengestellt hatte. Dann auch von den merkwürdigen Verhaltensweisen meines Bruders, seinen Albträumen, und ja, ich erzählte ihr sogar von den Telefonaten zwischen Dupont und mir, meinem Treffen mit ihm an der alten Försterei und dem Versenken der blauen Mülltüte in der Elbe, von der ich noch immer nicht genau wusste, was sich darin befand.

Es war das erste Mal, dass Frau Kroening mir aufmerksam und gespannt zuhörte und mich, ohne eine einzige Zwischenfrage zu stellen, bis zum Ende aussprechen ließ. Nachdem ich fertig war, erfuhr ich, dass die Ermittler bereits über Dupont Bescheid gewusst hatten und bloß nicht in der Lage waren, ihn zu finden, da es keine aktuelle Adresse von ihm gab.
Und das Lügen schien wohl doch nicht zu meiner Stärke geworden zu sein, glücklicherweise, denn Frau Kroening gab zu, schon gestern den Verdacht gehabt zu haben, ich habe längst Kontakt zu einem möglichen Entführer aufgenommen und müsse mich bald mit diesem treffen. Auch deshalb hätten mich gestern Abend einige ihrer Kollegen verfolgt, zunächst bis zur alten Försterei und schließlich zum abgelegenen Elbufer, bevor ich mit Dupont angeblich zu diesem Waldparkplatz gefahren sei, wo man mich letztendlich anscheinend *retten* konnte, so Frau Kroening.

Noch einmal betonte ich, dass ich mich leider nur noch in kleinen Bruchstücken an diese Fahrt erinnern konnte, jedoch hatten wir beide, Frau Kroening und ich, die Hoffnung, diese Erinnerung würde eventuell wieder hochkommen, wenn ich den Parkplatz sehen würde, sie schlug vor, jetzt sofort dorthin zu fahren. Selbstverständlich war ich bereit dafür, denn ich hoffte noch immer, mit allem, was ich tat, dabei helfen zu können, dass ich meinen Bruder schon bald wiedersehen würde. Also fuhren wir, wir hatten keine Zeit zu verlieren.

Frau Kroening bestand darauf, dass ich auf dem Beifahrersitz saß, weil ich gestern Abend im Auto von Dupont laut ihren Kollegen auch dort gesessen haben musste. Bewusst fuhren wir nicht auf dem direkten Weg zu dem Waldweg mit dem Parkplatz, sondern zuerst zur alten Försterei.
Alles, was sich hier abgespielt hatte, war mir noch in voller Länge vor Augen. Ich war in der Kälte gestanden, ehe ich den Mercedes heranfahren gesehen hatte, Dupont als Fahrer, wie ich feststellen musste, ich war dann eingestiegen, widerwillig, und wir waren zur Elbe gefahren. Wir wählten vermeintlich den gleichen Weg, doch gestern Abend war er mir sehr viel länger vorgekommen, vielleicht wegen meiner Angst, vielleicht wegen der Dunkelheit, ich weiß es nicht.

Ich erkannte die Stelle wieder, an der wir den blauen Sack versenkt hatten. Für mich war klar, dass es sich um eine Leiche gehandelt haben musste, da ich mir sicher war, einen menschlichen Arm in dem Sack gespürt zu haben. Die Erinnerung daran entfachte eine Gänsehaut, sofort spürte ich das Gefühl des dünnen Oberarmes wieder in meinen Fingern. Man sah die Fußstapfen, die Dupont und ich vor nicht einmal zwölf Stunden hinterlassen hatten, ich erkannte meinen Fußabdruck, mein Profil, meine Schuhgröße. An der Uferstelle, zu der die Fußabdrücke führten, standen nun drei Autos, ich sah Taucher, als ich über das Gebüsch ins Wasser blickte.

Bis hierhin wusste ich alles noch ganz genau, ich konnte alle Fragen, die Frau Kroening an mich hatte, zu ihrer vollen Zufriedenheit beantworten. Also stiegen wir wieder in ihren Wagen und machten uns auf den Weg zu dem besagten Waldparkplatz, der laut Frau Kroening ein ganzes Stück entfernt liegen sollte.

Es war tatsächlich so, dass ich mich anfangs noch an den Weg erinnern konnte, aber je weiter wir in Richtung Innenstadt fuhren, desto verschwommener wurden die Bilder in meinem Kopf. Frau Kroening zufolge fuhren wir dieselbe Strecke, wie ich sie mit Dupont am Vorabend gefahren war. Sie forderte mich auf, die Umgebung ganz genau zu betrachten, jedes Gebäude, das wir passierten, dabei war ich hier schon hunderte Male gewesen und erinnerte mich bestens an diese Straßen.

Wir waren vermutlich bereits über eine Stunde unterwegs gewesen, als Frau Kroening plötzlich von meiner gewohnten Route abgekommen war und von nun an kleinere Straßen fuhr, die mir vorkamen wie Feldwege.

Ich hatte es nicht für möglich gehalten, dass sie Orte in Hamburg finden würde, an denen ich noch nicht mindestens einmal gewesen war, denn als Kind hatte ich meine Eltern immer dazu gezwungen, mit mir die Stadt zu erkunden und mir Geheimwege und Abkürzungen zu zeigen. Oft waren wir stundenlang unterwegs gewesen, später auch mit Rüdiger zusammen, mal mit dem Auto meines Vaters, mal zu Fuß, meistens jedoch mit dem Fahrrad. Wir taten das bestimmt drei Jahre lang, wenn nicht sogar länger. Ich hatte mich deshalb stets auf die freien Sonntage mit meiner Familie gefreut. Und heute fühlte ich mich fast ein wenig wie früher, nur mit weniger Enthusiasmus und mehr Sorgen.

Aber Frau Kroening schien es doch tatsächlich geschafft zu haben, mich in eine Gegend zu führen, die ich nicht kannte, obwohl ich sie kennen sollte, wie sie betonte, da ich vor einigen Stunden schon einmal hier gewesen war. Angestrengt beobachtete ich die umliegenden Häuser, sah spielende Kinder im Garten, eine Joggerin begegnete uns, dann ein älterer Herr mit seinem Hund.

Wenig später waren wir am Ende des Weges angekommen, der Boden war matschig, kaum Gras konnte mehr wachsen. Man konnte diesen Ort nicht wirklich als Parkplatz bezeichnen, es war vielmehr einfach das überraschende Ende eines Feldweges, eine Sackgasse, aber wohl eine beliebte zum Anhalten, wie die zerstörte Natur auf dem Boden erahnen ließ.

Ich blieb im Auto sitzen und sah mich um. Direkt vor uns war ein Baum umgefallen, auf den dicken Stamm hatte jemand mit Kreide gemalt, mit ein wenig Fantasie war eine Gruppe Menschen zu erkennen. Man konnte drei Menschen sehen, wie sie nebeneinander standen. Die kleine Zeichnung rechts daneben war für mich ein Hund, auf eine andere Idee wäre ich gar nicht gekommen, weil die krakelige Zeichnung für mich nur als Hund zu deuten war, vielleicht auch, weil uns erst kurz zuvor ein Hund begegnet war.

Ich glaube, es war trotzdem dieser Zeichnung zu verdanken, dass meine Erinnerungen mit der Zeit nun Stück für Stück zurückkamen. Bereits gestern hatte ich mir über diese merkwürdige Gestalt Gedanken gemacht, es war ja das einzige gewesen, was ich dank der LED-Scheinwerfer in der Dunkelheit gesehen hatte, für mich musste es einfach ein Hund sein, auch wenn er wirklich nur sehr schwer als solcher zu erkennen war. Es war diese Gruppe Menschen, diese drei schlecht gezeichneten Strichmännchen, die mich wieder an mein Gespräch mit Dupont erinnerten, zumindest teilweise.

Er hatte nämlich ebenso von einer Wandergruppe gesprochen, die er vor einigen Tagen gesehen hätte, es waren Kinder gewesen, ein Schulausflug, von dem er gesprochen hatte, jetzt wusste ich es wieder ganz genau. Dupont hatte erzählt, wie er am Elbufer gewesen wäre, vor drei Tagen, genau da, wo wir gestern Abend diese Mülltüte ins Wasser geworfen haben. Schon dort muss er etwas mit dem Sack vorgehabt haben.

Jedenfalls erinnerte ich mich daran, wie er von den Wanderern gesprochen hatte, er hätte sich von diesen aus der Ferne beobachtet gefühlt, sie wären später näher gekommen und hätten ihn sogar angesprochen. Dupont hätte sich als freundlicher Förster ausgegeben und der Gruppe sogar noch eine Abkürzung verraten, um sie schließlich wieder loszuwerden.

Unter den Schülern war auch Rüdiger gewesen, das wusste ich bereits, als Dupont es mir erzählt hat, ich hatte meinen Bruder an jenem Morgen noch zum Treffpunkt gefahren und fast mit ihm gestritten, da er unbedingt darauf bestanden hatte, gefahren zu werden, obwohl der vereinbarte Treffpunkt nur ein paar Minuten von zuhause entfernt lag und Rüdiger zu Fuß hätte gehen können. Natürlich war ich es wieder einmal gewesen, der nachgegeben und ihn zu seiner Klasse gefahren hatte.

Was allerdings danach passiert war, wusste ich leider nicht mehr. Dupont musste ihn unter den Schülern erkannt haben, sonst hätte er mir wohl kaum berichten können, dass Rüdiger ein Teil der Gruppe gewesen war. Frau Kroening fragte nach, ob Dupont von meinem Bruder ebenfalls erkannt worden sein könnte, wovon ich fest ausging. Selbst ich hatte den Mann nur ein einziges Mal gesehen und sofort wiedererkannt, und aufgrund Rüdigers hervorragenden Gedächtnisses und seiner leider immer wiederkehrenden Albträume von Dupont war es meiner Meinung nach eigentlich absolut unmöglich, dass er ihn nicht erkennen würde, wenn er vor ihm stand.

Ich hoffte, mich an noch mehr erinnern zu können, aber es gelang mir nicht. Eine Weile später fuhren wir wieder zurück zur Vermisstenstelle, mein Bruder war nach wie vor verschwunden und wir mussten ihn doch irgendwie finden. Ich wusste nichts mit Frau Kroening zu sprechen, sie wollte mich wohl auch auf das Wiederholen meiner Erinnerungen konzentrieren lassen und hatte deshalb nicht mit mir sprechen wollen.
Ich bat sie, das Radio einzuschalten, denn es war genau drei Uhr und ich wollte die Nachrichten hören, als Ablenkung. Zwar schaltete sie es ein, aber ich verstand nicht sehr viel von dem, was die Radiomoderatorin sagte, da Frau Kroening plötzlich doch wieder neue Fragen eingefallen waren, die sie mir stellen konnte.
Eigentlich hatte ich mir gewünscht, einen Moment lang nicht über den Fall sprechen zu müssen, aber sie schien das nicht zu interessieren. Irgendwie hatte sie ja Recht, denn wir mussten Rüdiger so schnell wie möglich finden, da konnten wir uns keine Pause erlauben. Ich hörte ihr zu, hörte mir an, was sie von mir wissen wollte, ich schilderte ihr noch einmal ganz genau das Verhalten meines Bruders am letzten Tag vor seinem Verschwinden, nachdem er am späten Nachmittag von dem Schulausflug nach Hause gekommen war. Mir war nichts aufgefallen an diesem Abend, allerdings lag das vermutlich daran, dass ich

gedanklich nicht zuhause, sondern bei den drei Prüfungslektüren gewesen war und fast gar nicht mit Mama und Rüdiger gesprochen hatte. Ich war nicht einmal bei ihnen gewesen, war auf meinem Bett gelegen und hatte mir noch einmal kurze Zusammenfassungen der drei Lektüren durchgelesen.
Jetzt bereute ich das, nicht nur, weil es mir durch das Fehlen bei der Prüfung gar nichts gebracht hatte, sondern vor allem, weil ich nun nicht in der Lage war, die Frage von Frau Kroening zu beantworten. Ich hätte an diesem Abend womöglich eine entscheidende Beobachtung machen können, die uns heute zur Aufklärung des Falls verhelfen würde.
Das hatte ich aber verpasst, da ich stattdessen zum wiederholten Mal diese Zusammenfassungen gelesen hatte, von denen ich ohnehin das Gefühl gehabt hatte, sie würden mir nicht sehr viel bringen. Der einzige Grund, warum ich sie dennoch immer und immer wieder las, war das Gefühl zu bekommen, ich würde mich vorbereiten. Ich fühlte mich, warum auch immer, sicherer dadurch. Umsonst war es wahrscheinlich trotzdem gewesen, oder auch nicht.

Das, was nun passierte, würde wohl jeder als *riesengroßen Zufall* bezeichnen, aber ich glaube nicht an Zufälle. Ich bin der Meinung, dass das Wort *Zufall* lediglich als Begründung von uns Menschen für etwas Unerklärliches erfunden wurde und für etwas benutzt wird, was wir mit unserem Verstand nicht verstehen können. In meinen Augen ist alles Absicht, was passiert, jede Abfolge von Gegebenheiten. Daher bin ich mir sicher, dass auch das genau so passieren sollte.
Frau Kroening und ich waren auf eine große Kreuzung zugefahren und die Kommissarin hatte mir gesagt, dass sie sich einen kurzen Moment lang konzentrieren müsse, also war ich still

gewesen und hatte wieder dem Radio gelauscht. Es war von einer Bürgerinitiative die Rede, die sich wohl gerade gründete, um die Waldrodung zugunsten der Erschließung neuer Wohngebiete zu verhindern. Als Auslöser für die Gründung dieser Bürgerinitiative wurde eine Entscheidung des Hamburger Senats vor einigen Tagen genannt, wonach ein Teil des Waldes ganz im Südwesten der Stadt, also nahe meines Zuhauses, neu erschlossen werden sollte, um dort Platz zur Errichtung von Asylbewerberunterkünften zu schaffen. Ich hatte von diesem Beschluss bereits mitbekommen, weitere Neuigkeiten dazu aber nicht verfolgt.

Allerdings konnte ich mich dank dieser Meldung wieder daran erinnern, was Dupont gestern Abend zu mir gesagt hatte. Auf einmal gelang es mir, das Gespräch wieder zusammenzufügen, Dupont hatte nämlich auch von diesem Beschluss gesprochen, der ihm überhaupt nicht passte. Er war davon ausgegangen, dass sich die *Sache*, wie er die ganze Geschichte zu bezeichnen pflegte, für immer erledigt hätte, immerhin war er vom Gericht freigesprochen worden und es hatte nie Beweise gegeben, keiner würde sich mehr für die Anschuldigungen interessieren, schon gar nicht nach einer solch langen Zeit.

Doch dieser Beschluss des Senats würde Dupont zum Verhängnis werden, so sagte er, denn um sicherzugehen, dass auch in Zukunft niemand mehr von der *Sache* mitbekommen würde, müsse er etwas tun.

Zunächst war mir nicht klar gewesen, was er damit gemeint hatte, doch mittlerweile ergab für mich alles Sinn. Es war die Leiche des Mordes von vor vielen Monaten, bei deren Beseitigung ich gestern Abend geholfen hatte. Erst jetzt wurde mir bewusst, dass Dupont mir gestern Abend den Mord an der

jungen Frau gestanden und alles genau so bestätigt hat, wie Rüdiger es vor Gericht beschrieben hatte. Und die Leiche existierte auch noch, er hatte sie nicht für immer verschwinden lassen können, sondern lediglich versteckt.
Frau Kroening ergänzte, dass mit der Erschließung des neuen Wohngebietes und mit dem Bau der Unterkünfte sein Versteck in Gefahr gewesen wäre, denn man hätte die Leiche mit Sicherheit gefunden. Das war der Grund dafür, warum ich ihm in der gestrigen Nacht helfen musste, es war die Hilfe bei der Änderung seines Leichenverstecks, die Dupont von mir gebraucht hatte.

Ich konnte immer noch nicht glauben, was ich eigentlich getan hatte. Ein eiskalter Schauer lief mir über den Rücken bei der Vorstellung, gestern Nacht einem Mörder geholfen zu haben. Jetzt hatte ich die Bestätigung für das, was ich befürchtet hatte. Wenn ich heute daran denke, bin ich mir sicher, dass es besser gewesen wäre, ich hätte es gar nicht erfahren.
Aber Rüdiger hatte wirklich die ganze Zeit über Recht behalten, nun wusste ich es ganz sicher.

... 8 ...

Den Rest des Gespräches konnten wir uns jetzt zusammenreimen. Natürlich stellte Rüdiger in diesem Fall eine Gefahr für Duponts Plan dar, denn auch Dupont wusste von der Neugier und dem Willen meines Bruders, endlich beweisen zu können, was man ihm monatelang nicht geglaubt hatte. Es war offensichtlich, dass Rüdiger zu der Stelle zurückkehren wollte, er hätte dann endlich den Beweis gegen Dupont und für den Mord gehabt.

Die einzige Frage, die sich noch stellte, war ob er in der Nacht freiwillig aus unserem Haus verschwunden, in den Wald gegangen und dort von Dupont entführt worden war oder ob dieser meinen Bruder direkt in seinem Zimmer abgeholt und entführt hatte.

Für mich spielte das nun aber überhaupt keine Rolle mehr, mir machte es immer noch Sorgen, dass wir damit bei der Suche nach Rüdiger keinen Schritt weiterkamen. Klar glaubten wir genau zu wissen, was passiert war, aber was half uns das schon bei der eigentlichen Suche, denn ich konnte nicht daran glauben, dass Dupont mir verraten hatte, wo sich mein Bruder befand.

Mittlerweile war es schon wieder spät am Nachmittag. Es war der dritte Tag seit dem Verschwinden meines Bruders und wir hatten absolut keine Ahnung, wo wir nach ihm suchen konnten, lediglich wussten wir, wer ihn entführt hatte. Als wir wieder in der Vermisstenstelle waren, sah ich zum ersten Mal an diesem Tag auf mein Handy und entdeckte zahlreiche Nachrichten von Schülern aus meiner Klasse, sie erzählten mir oder sich gegenseitig von dem Matheabitur, vor dem wir alle ziemlich Angst gehabt hatten, manche fragten nach mir, wo ich war, wie es mir ging.

Ich hatte nicht die geringste Lust, irgendjemandem zu erzählen, wie es mir ging, ich beschloss stattdessen, lieber gar niemandem zu antworten und erst dann wieder Kontakt zu ihnen aufzunehmen, wenn diese ganze Geschichte vorbei wäre. Ich denke, keiner konnte mir übelnehmen, dass ich mich heute nicht der Matheprüfung gestellt, sondern wieder unentschuldigt gefehlt hatte. Dieses Mal hatte ich nicht einmal mehr ein schlechtes Gewissen, da ich wusste, dass Direktor Hector Bescheid wusste und Verständnis für mein Fehlen hatte.

Dennoch war mir klar, dass ich jetzt zwei der vier Prüfungen verpasst hatte und diese, wenn ich Glück hatte, irgendwann nachholen musste. Aber in diesen Tagen war mir das wirklich egal, was ich nicht von mir kannte, ich stellte die Schule das erste Mal in meinem Leben komplett hinten an und versuchte mir keine Gedanken darüber zu machen, was passieren könnte, meine Gedanken waren voll und ganz bei der Suche nach Rüdiger, sonst nirgends.

Leider konnte ich immer weniger daran glauben, dass wir ihn überhaupt noch finden würden, drei Tage später. Meine Hoffnungen schrumpften mit jeder Sekunde, die ich auf der viel zu großen Uhr, die im Flur weit oben an der Wand hing, vorübergehen sah.

Wieder setzte ich mich auf einen der Metallstühle. Es war fast schon zu meinem Lieblingsplatz geworden, ich mochte diese

Stühle, obwohl sie hart und kalt und unbequem waren. Noch einmal versuchte ich, die vergangene Nacht zu rekapitulieren, begonnen bei der alten Försterei, der Leiche in dem Müllsack, der endlosen Fahrt quer durch Hamburg, ich dachte daran, was ich mit Dupont gesprochen hatte, versuchte mich an den genauen Wortlaut zu erinnern.

Ich sah den Baumstamm mit der seltsamen Kreidezeichnung, den dunklen Wald, weit weg vereinzelte Lichter durch die Bäume schimmern, ich saß in dem hochwertigen, aber heruntergekommenen Auto, musterte die Innenausstattung, das Panoramadach, durch das der Mond zu uns hineinschien, sodass ich Duponts Gesicht erkennen konnte. Dann sein schneller Griff zum Handschuhfach, ich war erschrocken, als er sich plötzlich zu mir gebeugt hatte, um das Handschuhfach zu öffnen und etwas herauszuholen.

Weit weg hatte ich Stimmen gehört, es waren Männerstimmen, wenn ich mich richtig erinnerte. Sie hatten Dupont aufgefordert, die Türen zu entriegeln und das Auto zu verlassen, daraufhin hat er eilig zum Handschuhfach gegriffen, daraus einen silbernen Revolver genommen, während er sich wieder zurück in seinen Sitz fallen gelassen, seinen Kopf aber in meine Richtung gedreht und mir in die Augen gesehen hatte. Ich habe seinem stechenden Blick ausweichen wollen und muss die Augen geschlossen haben. Dann war da dieser ohrenbetäubende Knall gewesen.

Als Frau Kroening meinen Namen sagte, wurde ich wieder aus meinen Gedanken gerissen. Für einen Moment war ich mir nicht ganz sicher, ob ich gerade scheinbar willkürlich geträumt hatte oder ob genau das wirklich passiert war und ich bloß meine Erinnerungen wiederbekommen hatte. Irritiert sah ich die Kommissarin an, ich hatte nicht gehört, was sie von mir wollte. Frau Kroening berichtete von einem möglichen Ermittlungsfortschritt, und auch wenn ich mich dagegen zu wehren versuchte, bekam ich zum ersten Mal wieder so etwas wie Hoffnung. Mit ein wenig Rechercheaufwand sei es den Ermittlern gelungen, eine Adresse ausfindig zu machen, wo sich Dupont in letzter Zeit möglicherweise aufgehalten gehabt haben könnte.

Dass Frau Kroening in der Vergangenheitsform sprach, ließ mich tatsächlich glauben, woran ich mich wohl gerade erinnert hatte. Sie sagte mir, sie könnten davon ausgehen, dass sich eventuell auch mein Bruder dort befand. Angeblich habe Dupont zuletzt auffällig regen Kontakt zu seinem Cousin gehabt, der seit gut neun Monaten in London studiere, sonst aber in einer kleinen Wohnung in Hamburg lebe, gerade so groß wie eine Studentenbude. Die Kommissare vermuteten in dieser Wohnung den möglichen Wohnsitz von Dupont und eventuell auch den Ort, wo er Rüdiger versteckt hielt. Folgerichtig hatten sie sich sofort auf den Weg zu dieser Adresse gemacht.

Obwohl nicht ich es gewesen war, der Frau Kroening und ihre Kollegen über unser Treffen informiert hatte, fühlte ich mich irgendwie schuldig für alles, wie es passiert war. Ich fühlte mich schuldig, dass die wahrscheinlich einzige Person, die mir meinen Bruder wieder zurückbringen könnte, jetzt nicht mehr dazu in der Lage war. Vielleicht hatte ich einfach zu viel wissen wollen, hatte mich zu sehr in die Suche nach meinem Bruder hineingesteigert. Oder bereits zu viel gewusst.

Noch immer frage ich mich, warum Dupont ausgerechnet mich für all das ausgewählt hat. Frau Kroening hatte dies lapidar als *riesengroßen Zufall* bezeichnet, ich aber suche immer noch nach dem wirklichen Grund. Hat er es getan, weil er mit meinem Bruder ein geeignetes Druckmittel hatte, um mich zu erpressen? Aber warum gerade mich? Und was wollte er damit erreichen? Wollte er mit Rüdigers Entführung zwei Fliegen mit einer Klappe schlagen und nicht nur meinen Bruder als einzigen Zeugen, sondern gleichzeitig auch die Leiche als einzigen Beweis für seinen Mord loswerden?

Ich weiß, dass ich wohl nie eine Antwort darauf bekommen werde, wer sollte sie mir auch liefern. Mir bleibt lediglich meine eigene Vermutung. Wahrscheinlich muss ich mich, auch wenn es mir sehr schwer fällt, einfach damit abfinden, dass es wirklich so etwas wie ein *riesengroßer Zufall* gewesen ist. Was auch immer das bedeuten mag.

Je länger ich auf dem harten Stuhl saß, desto ungeduldiger wurde ich. Aus Langeweile beobachtete ich die Zeiger der viel zu großen Uhr, die im Flur weit oben an der Wand hing. Der Minutenzeiger schien stillzustehen, ich verfolgte den Sekundenzeiger auf seinem immer gleichen Weg im Kreis herum, sah zu, wie eine halbe Minute verging, dann eine ganze, dann die nächste, dann noch eine.

Ich versuchte, mich mit irgendetwas abzulenken, wollte nicht mehr weiter grübeln über gestern Abend, über die letzten Tage, ich glaube, ich hätte meinen Kopf am liebsten komplett entleert, wie man die Festplatte eines Computers entleeren konnte. Was man nicht mehr wollte, löschte man, es wäre bloß ein Aufwand von drei Mausklicks gewesen und alles war für immer verschwunden.

Enttäuscht darüber, dass das nicht möglich war, ließ ich mich in den harten und kalten Metallstuhl zurückfallen. Von meinem Platz aus hatte ich beste Sicht auf die Eingangstüre der

Vermisstenstelle, und obschon ich eigentlich gerne auf die Vorfreude verzichtet hätte, weil ich wusste, dass es mir ohne sie stets besser ging, konnte ich mich gegen ein kurzes Lächeln und einen Funken Hoffnung nicht wehren, als ich Frau Kroening einige Zeit später endlich durch diese Türe kommen sah, gefolgt von ein paar ihrer Kollegen.

Ungeduldig stand ich von meinem Platz auf und lief den Ermittlern ein Stück entgegen, um ihren Blicken entnehmen zu können, zu welchem Ergebnis sie gekommen waren. Ich wusste, dass es ein Ergebnis geben musste, denn ich war mir aus unerklärlichen Gründen sehr sicher gewesen, dass sie in dieser Wohnung richtig wären.

Frau Kroening sah mir in die Augen, ihren Blick werde ich nie vergessen. Ich verstand, ohne ein Wort sagen zu müssen.

... 9 ...

Ich habe fast schon ein schlechtes Gewissen zu sagen, dass mich diese Nachricht in der Folge nicht in dem Ausmaß aus der Bahn warf, wie ich es mir zuvor ausgemalt hatte. Ob ich darauf jetzt stolz sein konnte, weiß ich nicht. Ich brauchte es jedenfalls nicht, denn ich hatte in meinen Augen keinen Grund dazu, und ich wollte es auch nicht sein.
Auf jeden Fall muss ich sagen, dass es mich nicht so schlimm traf wie erwartet, vielleicht, weil ich in diesem Moment noch gar nicht bewusst realisieren konnte, was das eigentlich für mich bedeutete, vielleicht aber auch, weil ich insgeheim bereits mit diesem Ausgang der Geschichte gerechnet und mich seit Tagen damit auseinandergesetzt hatte, wie es wäre, wie ich reagieren würde, wenn genau das eintreffen sollte.
Trotz alledem muss ich zugeben, dass es mir nicht gelungen war, das alles gänzlich unberührt wegzustecken, es war nicht möglich gewesen. Die Situation war in der Realität doch noch ein ganzes Stück härter, als sie es in meiner Fantasie jemals gewesen sein könnte. Denn von nun an gab es wirklich keine Chance mehr, wir waren zu spät gekommen.

Ich sagte Frau Kroening, dass ich nicht wissen wollte, was genau passiert war, doch sie bestand darauf, dass ich die komplette Geschichte erfahren sollte, bis zum Ende. Über die Absichten von Dupont brauchte sie mir nicht mehr viel zu erzählen, schließlich war ich es, der es aus erster Hand erfahren hatte. Und ich konnte mich mittlerweile wieder an den überwiegenden Teil erinnern, zumindest an das Wichtigste, nämlich an das, was zur Erzählung der kompletten Geschichte relevant gewesen wäre. Ich wusste von der Begegnung meines Bruders mit Dupont im Wald vor drei Tagen, von der Entführung, von der Leiche, die es verschwinden zu lassen gegolten hatte, und ich war der Meinung, das sollte reichen, mir hätte es jedenfalls gereicht.

Wenigstens ersparte Frau Kroening mir vage Spekulationen über das, was sich in den letzten Tagen in dem besagten Haus abgespielt haben könnte, Spekulationen, von denen ich überhaupt nichts wissen wollte, von denen ich aber genau spürte, dass sie in der Luft lagen. Ich muss ihr wohl zugute halten, dass sie alles Weitere so kurz wie möglich hielt, sie ersparte mir auch unnötige Details, die es garantiert nur noch schlimmer gemacht hätten. Das Übrige brachte sie mir so schonend wie möglich bei.

Ich habe erst viel später erfahren, dass Rüdiger der Mangel an Sauerstoff in der kleinen Kellerkammer zum Verhängnis geworden war. Dupont hatte meinem Bruder also keinerlei grausame Schmerzen zugefügt, keine brutalen Methoden angewandt, wie ich es zunächst befürchtete. Er hatte Rüdiger in diesen kleinen Raum eingeschlossen, ohne Wasser, ohne Essen, ohne Luft zum Atmen, er hatte den Dingen seinen Lauf gelassen, alles Weitere würde sich mit der Zeit schon von selbst regeln.

Man sagte mir, dass davon ausgegangen werden müsse, wir seien mehr als nur ein paar Minuten zu spät gewesen, allzu lange habe er es in dem isolierten Raum ohne Sauerstoff nämlich nicht aushalten können. Keiner konnte mir sagen, wie viele Stunden oder wie viele Minuten wir tatsächlich zu spät gewesen waren, ich werde nie erfahren, ob es vielleicht doch noch eine Chance gegeben hätte. Seither mache ich mir viel zu oft Gedanken darüber, ob es diese Chance gegeben hat oder nicht. Aber was brachte das schon, wir waren faktisch nun mal zu spät gewesen. Es war vorbei.

Herr Hector war es wohl, dem es danach am besten gelang, mir aus meinem Tief wieder herauszuhelfen, mich ein Stück weit trösten zu können. Nur einen Tag nach der schrecklichen Nachricht beschloss ich, ihn anzurufen und mit ihm über alles zu sprechen, nicht weil ich ein besonders gutes Verhältnis zu ihm hatte, sondern weil mir mein Gefühl sagte, es tue mir gut, mit ihm zu sprechen. Ich versprach, gleich an diesem Nachmittag in die Schule zu kommen, denn es war Freitag und somit nachmittags kaum mehr ein Schüler hier, am Freitagnachmittag fand an unserer Schule kein regulärer Unterricht mehr statt, lediglich freiwillige Kurse und Nachsitzen, von beidem hatte ich mich bislang stets ferngehalten.
Mein Gefühl sollte Recht behalten, das Gespräch mit Herrn Hector tat mir tatsächlich gut, wahrscheinlich besonders deshalb, weil es völlig anders verlief, als ich es mir vorgestellt hatte. Wir sprachen nicht ein Wort über die Prüfungen, obwohl es naheliegend gewesen wäre und ich das ehrlich gesagt auch erwartet hatte.
Er muss scheinbar im Vorfeld bereits von der schlimmen Nachricht erfahren haben und schien sich für diesen Nachmittag vorgenommen zu haben, mir einfach nur zu helfen, mit mir zu sprechen. Ich hatte ihn noch nie zuvor so menschlich erlebt und ihm auch nicht zugetraut, er würde ein solches Verständnis

für die Situation eines Schülers aufbringen können. In meinen Augen war er bislang einfach mein Direktor und Mathelehrer gewesen, mitsamt dem entsprechenden Ruf, den man bei den Schülern hat.

Was er mir an diesem Nachmittag jedoch mitgab, konnte ich bis heute nicht mehr vergessen. Herr Hector begann nach einer Weile, das Leben mit einem Buch vergleichen zu wollen. Zunächst war das für mich ein sehr weit hergeholter Vergleich, aber als er weitersprach, verstand ich zunehmend, was er meinte.
Ich soll das Leben als ein Buch ansehen, ein Buch, das schon komplett geschrieben ist, von dem wir jeden Tag allerdings nur eine einzige Seite lesen können, sowohl Weiterlesen als auch Zurückblättern ist uns nicht möglich. Dieses Buch ist geschrieben wie ein guter Roman, beginnend mit einer Einleitung, die als Grundlage für den weiteren Verlauf der Geschichte dient. Dann folgt der Hauptteil, der größte Teil des Buches, in dem die eigentliche Geschichte erzählt wird, sie wird erzählt mit vielen kurzen und langen Kapiteln, die allesamt irgendwann enden, damit neue Kapitel beginnen können.
Irgendwann erreicht man das letzte Kapitel, den Schlussteil, vielleicht gibt es noch einen Epilog, aber eigentlich ist die Geschichte an diesem Punkt beendet, das Buch zu Ende gelesen. Man kann es jetzt in den Schrank stellen, als Erinnerung an die schöne Geschichte darin, in diesem Schrank wird es stehenbleiben so lange man möchte, mit der Zeit staubt es ein. Aber im Gegensatz zu einem herkömmlichen Buch ist es nicht möglich, dieses Buch, dieses besondere Buch, noch ein zweites Mal zu lesen, egal wie wunderbar die Geschichte, die es erzählt hat, auch gewesen sein mag.

Noch heute denke ich sehr oft zurück an diesen Nachmittag, an dieses Gespräch mit Herrn Hector und vor allem an seine Geschichte. Und ich bekomme jedes Mal aufs Neue diese unvermeidbare Gänsehaut. Seit dem besagten Tag war er für mich mehr geworden als nur ein Lehrer, obwohl ich das zuvor nie für möglich gehalten hatte. Ich denke, das lag besonders daran, dass er derjenige war, der mich am besten trösten konnte und dem ich mich in diesen Momenten besonders nahe fühlte. Genau so hatte ich mir immer vorgestellt, was ein Vater für seinen Sohn bedeuten würde.

Leider sah ich ihn kurz darauf immer seltener, schon bald überhaupt nicht mehr, denn für den Tag des Nachschreibetermins des Matheabiturs war die Beerdigung meines Bruders angesetzt worden. Es stand für mich außer Frage, die Prüfung nicht anzutreten, und ich hatte dabei nicht einmal ein schlechtes Gewissen. Ich glaube nicht, dass man das in diesem Fall als *schwänzen* bezeichnen kann, auch wenn ich mich bei niemandem abgemeldet hatte, ich nahm es einfach als selbstverständlich an, dass ich nicht kommen würde. Und spätestens als ich sah, dass sogar Herr Hector zur Beerdigung erschienen war, hatte sich die Sache für mich endgültig geklärt.

Überhaupt waren unglaublich viele Menschen gekommen, einige kannte ich, viele aber auch nicht. Es berührte mich zu sehen, dass es in unserer kleinen Kapelle schon lange vor Beginn keine freien Plätze mehr gab, ich hatte sie noch nie zuvor so beeindruckend voll gesehen.

Ich hatte abgelehnt, vor allen zu sprechen, vermutlich hätte ich sowieso kein Wort herausbekommen, aber ich wollte meine Gedanken auch niemandem mitteilen müssen. Eigentlich wollte ich nur alleine sein, ich hatte anfangs sogar überlegt, ob ich es überhaupt schaffen würde, hierher zu kommen. Aber letztendlich war es mir ganz gut gelungen, mich mehr oder weniger zusammenzureißen und den Tag einigermaßen zu überstehen. Dieser Tag war der wohl schlimmste meines Lebens gewesen.

Es war mir wirklich egal, dass ich die Matheprüfung dadurch verpasst hatte. Bis heute habe ich sie nie wieder nachgeholt und es auch nicht mehr vor. Der Grund dafür ist wohl, dass ich in meiner Zeit als Bundesfreiwilliger in der Einrichtung für Menschen mit Behinderung im folgenden Jahr eine bis dahin unentdeckte Leidenschaft entdeckt habe und noch heute jeden Morgen mit einem Lächeln dorthin gehe.
Wer weiß, ob ich jemals hier geblieben wäre, wenn ich mit dem Abitur den höchsten Bildungsabschluss in der Hinterhand gehabt hätte, und dieser wäre in meinem Fall mindestens knapp über dem Durchschnitt gelegen, bestimmt sogar besser. Ich glaube nicht, dass ich mich dafür entschieden hätte, in dieser Einrichtung zu bleiben, obwohl es mir sehr viel Spaß macht, hier zu arbeiten. Niemand hätte diese Entscheidung dann wohl nachvollziehen können, nicht einmal ich selbst. Aber wahrscheinlich musste wirklich alles genau so kommen, wie es gekommen ist.
Vielleicht war es sogar ganz gut so, ich bin heute weitestgehend über die ganze Sache hinweg. Zwar kann ich nicht behaupten, dass ich nie mehr daran zurückdenken muss, ganz im Gegenteil, es vergeht kaum ein Tag, an dem ich nicht an die Szenen erinnert werde, die sich damals abgespielt haben und die ich gezwungenermaßen miterleben musste.
Manchmal wünsche ich mir, die Erinnerungen wären gar nicht mehr zurückgekommen. Es ist nicht so, als würden sie mich

jede Nacht heimsuchen, doch es gibt Tage, an denen ich niemanden sehen möchte und Zeit für mich alleine brauche, zum Nachdenken und zum Verarbeiten.
Das Allerschlimmste für mich ist, dass mein Leben einfach ganz normal weitergeht, ganz normal weitergehen muss. Alles läuft genau so ab, wie es vorher auch abgelaufen ist, nirgends hat sich dadurch in den vergangenen drei Jahren etwas verändert. Und dabei scheint es auch niemanden zu interessieren, dass bei mir längst nichts mehr so ist wie es einmal war.

Mittlerweile habe ich aber das Gefühl, dass ich mit der ganzen Geschichte, meinen Erlebnissen und den grausamen Erinnerungen immer besser klarkomme.

Vielleicht habe ich einfach akzeptiert, dass manche Bücher eben dünner sind als andere...